新潮文庫

ゴッホは欺く

上巻

ジェフリー・アーチャー
永井淳訳

新潮社版

8106

目次

タラに

謝辞

本書の執筆に際して貴重な協力と助言をいただいた左記の方々に心から感謝する。

ロージー・デ・コーシー、マリ・ロバーツ、サイモン・ベインブリッジ、ヴィクトリア・リーコック、ケリー・ラグランド、マーク・ポルティモア（サザビーズ、十九、二十世紀絵画部長）、ルイス・ファン・ティルボルフ（ファン・ゴッホ美術館絵画部長）、グレゴリー・デボーア、レイチェル・ラウシュワーガー（アート・ロジスティクス社取締役）、ナショナル・アート・コレクションズ・ファンド、コートールド美術研究所、ジョン・パワー、永井淳、テリー・レンザー。

ジェフリー・アーチャー

ゴッホは欺く

上巻

主要登場人物

ヴィクトリア・ウェントワース…英国ウェントワース伯爵家女主人
アラベラ・ウェントワース………ヴィクトリアの双子の妹
スティーヴン・レントン…………英国サリー州警察の捜査課警視正
ブライス・フェンストン…………フェンストン・ファイナンス会長
カール・リープマン………………フェンストン側近の元弁護士
アンナ・ペトレスク………………フェンストンの美術コンサルタント
ティナ・フォースター……………フェンストンの秘書。アンナの親友
ジャック・ディレイニー…………ＮＹ支局勤務のＦＢＩ上級捜査官
ディック・Ｗ・メイシー…………ＦＢＩ管理特別捜査官。ジャックの上司
トム・クラサンティ………………英国勤務のＦＢＩ捜査官
タカシ・ナカムラ…………………日本最大の鉄鋼会社会長。著名な美術収集家
ルース・パリッシュ………………ロンドンの美術品配送会社経営者
オルガ・クランツ…………………フェンストンに雇われた女殺し屋
アントン・テオドレスク…………ブカレスト美術アカデミー教授
セルゲイ・スラティナル…………ブカレストのタクシー運転手
アンドルーズ………………………ウェントワース家の執事

九月十日

1

ヴィクトリア・ウェントワースは、ウェリントン将軍がワーテルロー出陣前夜に、麾下《きか》の将校十六名とともに晩餐《ばんさん》をしたためたテーブルに、ぽつんと独りで坐《すわ》っていた。その夜サー・ハリー・ウェントワース将軍は鉄人公爵《アイアン・デューク》の右隣りの席を占め、ナポレオンが戦場から敗走してセント・ヘレナへ流されたときは、公爵《こうしゃく》軍の左翼で指揮をとった。国王はその功に報いて将軍をウェントワース伯爵に叙し、一族は一八一五年以来誇り高くその称号を担《にな》いつづけてきた。

ペトレスク博士の報告を再度読みかえすヴィクトリアの念頭には、一族のその歴史が浮かんでいた。最終ページまで読みおえると、ほっと安堵《あんど》の吐息が洩《も》れた。まさに十一時という文字通りのどたん場《イレヴンス・アワー》で、すべての問題を一挙に解決する方法が見つかったのだ。

ダイニング・ルームのドアが音もなく開いて、従僕見習いから執事に出世するまで、ウェントワース家三代に仕えたアンドルーズが、慣れた手つきで女主人のデザートの皿を下げた。

「ありがとう」ヴィクトリアは執事がドアに辿《たど》りつくまで待ってつけくわえた。「絵を運びだす手筈《てはず》はすべて整ったのね？」画家の名前を口に出す気分にはなれなかった。

「はい、奥様」アンドルーズは女主人のほうに向きなおって答えた。「朝食に下りてこられるころにはすでに発送されております」

「それからペトレスク博士をお迎えする準備もできているわね？」

「はい、ペトレスク博士は水曜の正午ごろにご到着の予定で、温室で奥様と昼食をご一緒されると、料理人に申しつけておきました」

「ごくろうさま、アンドルーズ」執事は軽く会釈《えしゃく》して、重厚なオーク材のドアを音もなく閉めた。

ペトレスク博士が到着するころには、先祖伝来の最も貴重な家宝のひとつがアメリカへ向かっているだろう。この傑作がウェントワース・ホールでは二度と人目に触れることがないにしても、一族以外の人間にその現実を知られることは避けたかった。

ヴィクトリアはナプキンをたたんでテーブルから立った。ペトレスク博士の報告書を取りあげて、ダイニング・ルームからホールへ歩みでた。靴音が大理石の床にこだました。階段の下で足を止めて、ゲインズボロ作のウェントワース伯爵夫人キャサリンの等身大の肖像をじっと眺めた。豪奢《ごうしゃ》なシルクとタフタのロング・ガウンが、ダイヤモンドのネックレスとマッチしたイヤリングでいちだんと引き立っていた。ヴィクトリアは自分の耳に手を触れ、当時はこういう突飛な安ぴか趣味がいかにも魅力的と思われていたのだろう、と考えて苦笑いした。

ヴィクトリアはまっすぐ前方を見ながら広い大理石の階段を登り、二階の寝室に向かった。先祖の期待を裏切ってしまった自責の念に駆られて、ロムニー、ローレンス、レノルズ、レリー、ネラーなどによって生命を与えられた彼らの肖像と目を合わせることが憚《はばか》られた。ベッドに入る前に、今度こそ妹に手紙を書いて自分が下した決断を知らせなければならないと覚悟した。

アラベラはたいそう賢くて思慮深かった。もしもこの愛する双生児の妹のほうが自分より数分後《あと》ではなく先に生まれていたら、彼女が財産を相続し、きっとはるかに手《て》際《ぎわ》よく問題を処理していただろう。しかもさらに耐えがたいのは、アラベラはこの知らせを聞いても不平を言ったり非難したりはせず、ウェントワース家の人間らしく平然として現実を受け入れるに違いないと思われることだった。

ヴィクトリアは寝室のドアを閉め、部屋を横切ってペトレスク博士の報告書をデスクに置いた。ほどかれた束髪が肩まで流れ落ちた。数分間ブラッシングをしてから、服を脱ぎ、メイドがベッドの足もとに用意しておいたシルクのナイトガウンを羽織った。これ以上責任を回避することはできないと観念して、ライティング・デスクの前に坐り、万年筆を手に取った。

ウェントワース・ホール

二〇〇一年九月十日

愛するアラベラ

あなたにだけはこの悲しいニュースを最後まで知らせたくなかったので、手紙を書くのがここまで延びのびになってしまいました。

愛するパパが亡《な》くなってわたしがこの館《やかた》を相続したとき、パパが残した負債の総額を知るまでしばらく間がありました。わたしに経済知識がないところへ、相続税の重い負担が加わって、どうにも動きがとれなくなってしまったのです。

わたしは問題の解決にはもっとお金を借りるのがよいと考えましたが、その結果事態はいっそう悪化しただけでした。一時はわたしの無知のせいでこの館を処分するはめになるかもしれないとまで思ったほどです。でも幸いなことに解決策が見つかりました。

水曜日に、わたしはある客を迎えて——

ヴィクトリアは寝室のドアが開く音を聞いたような気がした。ノックもせずに部屋に入ってくるのはいったいどの召使いだろうと訝《いぶか》った。振り向いて確かめようとしたとき、女はすでに彼女のそばに立っていた。

ヴィクトリアは初めて見る女の顔に驚いて目をみはった。相手は若く、スリムな体型で、ヴィクトリアよりもなお背が低かった。愛らしい笑顔のせいで弱々しい印象さえ受けた。ヴィクトリアは微笑を返してから、相手が右手にキッチン・ナイフを持っていることに気がついた。

「あなたは——」ヴィクトリアが言いかけると同時に、左手がさっと伸びて彼女の髪の毛をつかみ、後頭部を椅子《いす》の背に押しつけた。ナイフが一閃《いっせん》して、犠牲《いけにえ》の仔羊《こひつじ》のように喉《のど》を切り裂いた。

ヴィクトリアが息絶える寸前に、若い女は彼女の左耳を切り取った。

九月十一日

2

アンナ・ペトレスクはベッドサイドの目覚し時計のボタンを押した。ライトが点《つ》いて午前五時五十六分を表示した。四分後に早朝のニュースとともに彼女を目覚めさせるはずだったが、今日は違っていた。さまざまな考えが一晩中頭の中を駆けめぐって、とぎれとぎれにしか眠れなかった。ようやく浅い眠りから覚めたときは、会長が自分の提案を受け入れないときはどうすべきか、すでに肚《はら》は決まっていた。ニュースを聞いて気が散るのを避けるためにラジオ連動アラームを切り、勢いよくベッドから出て一直線にバスルームへ向かった。はっきり目覚めるまで、いつもより少し長く冷たいシャワーを浴び続けた。彼女の最後の恋人は――もうずいぶん遠い昔のことだが――いつも朝のジョギングの前にシャワーを浴びる習慣を面白がったものだった。

体を拭《ふ》き終わると、白のTシャツを着てブルーのランニング・ショーツをはいた。まだ陽は昇っていなかったが、狭い寝室のカーテンを開けるまでもなく、今日もまたよく晴れた一日になりそうなことがわかった。トラックスーツのジッパーを引き上げた。その胸には、かつて縫いつけてあったブルーの太字のPを剝《は》がしたあとも、まだその痕跡《こんせき》がうっすらと残っていた。アンナはかつて自分がペンシルヴェニア大学陸上競技部のトラック・チームの一員であったことを宣伝したくなかった。なんと言ってもそれはもう九年も前のことだった。最後にナイキのトレーニング・シューズをはいて、紐《ひも》をきつく結んだ。ジョギングの途中で立ち止まって靴紐を結びなおさなければならないほど腹立たしいことはない。この朝ほかに身につけたものは、首にかけた細いシルヴァー・チェーンにぶらさがったフロント・ドアの鍵《かぎ》だけだった。

アンナは四室からなるアパートメントのフロント・ドアをダブルロックし、廊下を横切ってエレベーターのボタンを押した。エレベーターの小さな箱がのろのろと十階まで昇ってくる間に、一階へ辿《たど》りつく前に終わっている予定の一連のストレッチを開始した。

ロビーに足を踏みだして、お気に入りのドアマンに微笑《ほほえ》みかけた。ドアマンは彼女が立ち止まらなくてもすむように、急いで玄関のドアを開けてくれた。

「おはよう、サム」とアンナは言い、ソーントン・ハウスから東五十四丁目に駆けだすと、セントラル・パークに向かった。

ウィークデイは毎日サザン・ループを走る習慣だった。数分遅くなっても支障のない週末には、それより距離の長い六マイル・ループに取り組むことにしていた。今日は支障がある日だった。

ブライス・フェンストンもこの朝六時前に起きた。やはり早朝から人と会う約束があったからである。彼はシャワーを浴びながら朝のニュースを聞いた。ヨルダン川西岸地区で爆死した自爆テロ犯のニュースを聞いても——それは天気予報か最新の通貨変動に劣らずありふれた出来事だった——ヴォリュームを上げる気にはならなかった。「今日も雲ひとつない晴天で、北東の弱い風が吹き、最高気温は十一度、最低気温は四度前後でしょう」女性お天気キャスターの小鳥が囀《さえず》るような声を聞きながら、フェンストンはシャワー・ルームから出た。続いてもう少し重々しい声が、東京の日経平均が十四ポイント上がり、香港《ホンコン》のハン・セン指数が一ポイント下がったことを伝えた。ロンドンのフィナンシャル・タイムズ指数はまだ上下どっちに振れるか決めていなかった。彼はフェンストン・ファイナンス株が大きく上下することはあるまいと考えた。フ彼のささやかな成功を知っている人間は、ほかに二人しかいなかったからである。

ェンストンはその一人と七時に朝食をとる約束があり、八時にはもう一人を解雇する予定だった。

午前六時四十分にはシャワーと着替えを済ませた。鏡に映った自分を眺めた。あと二インチ背が高く、あと二インチ細ければ申分なかった。どちらも腕のよいテイラーと、特製中敷きつきのキューバ製の靴で隠せないほどの欠陥ではなかったが。髪もまた昔のように伸ばしたかったが、いまだに彼の正体を見破るおそれのある同国人の亡命者が大勢いる間は、自重していた。

父親はブカレストの市電の車掌だったが、彼が東七十九丁目の褐色砂岩の建物から出て、運転手つきのリムジンに乗りこむところを見た人間なら、だれしもアッパー・イーストサイドの上流階級の生まれだと思っただろう。より鋭い観察者だけが、左耳に付けた小さなダイヤモンドに気づいていただろう――そのちょっとしたお洒落《しゃれ》が、より保守的な同業者たちに差をつけていると信じていた。実際はただ浮き上がっているだけなのにと指摘する勇気を持った社員は、一人もいなかった。

フェンストンはリムジンのバックシートに腰をおろした。「会社だ」と、アームレストのボタンに手を触れる前に、怒鳴るように命じた。目隠しのグレイの仕切りがかすかに唸《うな》ってせりあがり、彼と運転手の必要以上の会話を遮断した。フェンストンはかたわらの坐席から《ニューヨーク・タイムズ》を手に取った。手早くページをめくって注目を惹《ひ》く見出しを捜した。ジュリアーニ市長はヘマをしでかしたようだった。愛人をグレイシー・マンションに住まわせた結果、市長夫人がこの問題について聞く耳を持つ人間をだれかれなしにつかまえては自分の考えを述べる、という事態を招いていた。今朝聞く耳を持っていたのは《ニューヨーク・タイムズ》だった。運転手がFDRドライヴに折れるころには経済欄に目を通し、リムジンがノース・タワーの前で停まったときには死亡記事欄に達していた。彼が関心を持つ唯一《ゆいいつ》の死亡記事は、明日にならなければどの新聞にも掲載されないだろう。だが、公平に言えば、アメリカではだれ一人として彼女が死んだことを知る者はいなかった。

「八時半にウォール・ストリートで約束がある」フェンストンはドアを開けた運転手に言った。「だから八時十五分にはでかけるぞ」運転手は頷《うなず》き、フェンストンはロビーへと立ち去った。ノース・タワーには九十九基のエレベーターがあったが、百七階のレストランへ直通するのは一基だけだった。

一分後にフェンストンがエレベーターから足を踏みだすと——一生のうちの一週間はエレベーター内で過ごすことになると計算したことがあった——給仕長が常連客の姿に気づいて軽く一礼し、自由の女神像を見下ろすコーナー・テーブルに案内した。

あるときフェンストンは、いつものテーブルがふさがっているのを見ると、踵《きびす》を返してエレベーターに戻ったことがあった。それ以来コーナー・テーブルは、万一の場合にそなえて、毎朝空席のままにしておかれる。

フェンストンはカール・リープマンが先に来て待っているのを見ても驚かなかった。リープマンはフェンストン・ファイナンスで働き始めてから、ただの一度も遅刻したことがなかった。会長より遅くならない用心のために、いつからここに坐《すわ》っているのだろう、とフェンストンは考えた。彼は、ご主人様のためならどんな下水溝の中で泳ぐこともいとわないことを、幾度となく証明してきた男を見下ろした。とは言え、出獄してきたリープマンに仕事を与えた人間はフェンストンぐらいのものだった。詐欺《さぎ》で資格を剥奪《はくだつ》されて刑務所入りした弁護士を雇ってくれる法律事務所など、おいそれとは見つからないだろう。

フェンストンは椅子《いす》に腰を下ろさないうちに話し始めた。「これでファン・ゴッホは手に入った。今朝われわれが話し合うことはひとつしかない。アンナ・ペトレスクに疑われずにどうやって彼女をお払い箱にするかだ」

リープマンは目の前のファイルを拡《ひろ》げて、薄笑いを浮かべた。

3

その朝はなにひとつ予定通りに運ばなかった。

アンドルーズは絵の発送が終わりしだい奥様の朝食をお持ちするからと、コックに指示していた。ところがコックの偏頭痛が始まり、あまり当てにならない見習いの若い娘が奥様の朝食を用意することになった。防護輸送車は四十分遅れで到着し、厚かましい若い運転手はコーヒーとビスケットをふるまわれるまで居坐《いすわ》りつづけた。正コックならそんなばかげたことを許さなかっただろうが、見習いは相手の押しの強さに負けた。三十分後、アンドルーズは二人がまだキッチン・テーブルでおしゃべりしているのを発見した。

アンドルーズはようやく運転手が出発するまで奥様が起きだす気配がなかったことにほっとした。朝食のトレイを点検し、ナプキンをたたみなおして、二階へ食事を運ぶためにキッチンを出た。

片手の掌《てのひら》にトレイを載せ、もう一方の手で軽くノックしてからドアを開けた。奥様が床の血溜《ちだま》りの中に倒れているのを発見して息を呑《の》み、トレイを取り落として死体に駆け寄った。

レディ・ヴィクトリアは死後数時間たっていることが一目でわかったが、アンドルーズにとって、ウェントワース家の相続人にこの悲劇を知らせる前に警察に通報することは問題外だった。急いで寝室から出て、ドアをロックし、生まれて初めて走って階段を下りた。

アラベラ・ウェントワースが客の相手をしているときに、アンドルーズから電話がかかってきた。

彼女は電話を切って、急用で出かけなくてはならないと客に詫《わ》びた。アンドルーズが緊急事態という言葉を発してから間もなく、営業中の札を閉店にかけかえて、小さなアンティーク・ショップのドアに鍵《かぎ》をかけた。アンドルーズがそんな状況判断を口に出したことは、過去四十九年間に一度もなかった。

十五分後、アラベラはウェントワース・ホールの前の砂利道にミニを停めた。アンドルーズが階段の上まで出迎えた。

「まことにお気の毒です」彼はそれだけ言うと、新しい女主人を家の中に案内して広い大理石の階段を登った。彼が階段の手摺《てすり》につかまって体を支えるのを見て、アラベラは姉が死んだことを悟った。

彼女は自分が危機に際してどんな反応を示すだろうかと、よく考えたものだった。今姉の死体を初めて目にしたとき、ひどい吐き気に襲われはしたものの、失神するまではいたらなかったのでほっとした。とは言えその一歩手前だった。二度目に死体を見たときは、ベッドの支柱につかまって体を支えてから顔をそむけた。いたるところに血が飛び散って、絨緞《じゆうたん》、壁、ライティング・デスク、天井でまで凝固していた。アラベラは渾身《こんしん》の力を振りしぼってベッドの支柱から手を離し、ふらつく足どりでベッドサイド・テーブルの電話に近づいた。ベッドに倒れこむようにして受話器を取り上げ、999番にかけた。電話がつながり、「緊急受付です。どちらにご用でしょうか?」という質問には、「警察を」と答えた。

アラベラは受話器を置いた。姉の死体には目もくれずに寝室のドアまで行くつもりだった。だがそうはできなかった。ちらと視線を向けると、今度は「愛するアラベラ」に宛《あ》てた手紙が目に止まった。姉が最後になにを考えていたかを地元の警察に知られたくなかったので、書きかけの手紙をポケットに押しこみ、おぼつかない足どりで部屋を出た。

4

アンナは東五十四丁目に沿って西へ走り、近代美術館を過ぎて六番街を横切ってから七番街で右に折れた。東五十五丁目の角に聳《そび》え立つロバート・インディアナ作の巨大彫刻**LOVE**や、五十七丁目を横切るときのカーネギー・ホールといった見慣れた目標には、ほとんど目もくれなかった。彼女のエネルギーと集中力の大部分は、急ぎ足で前方から近づいて来たり行く手をふさいだりする早朝の通勤者たちをよけるために費された。セントラル・パークまでのジョギングはウォーミング・アップとしか考えていなかったので、アーティザンズ・ゲートを通って公園内に駆けこむまで、左手首のストップウォッチは押さなかった。

アンナはいつものリズムに乗って走りだすと、その朝八時に予定されている会長とのミーティングに考えを集中しようと努めた。

サザビーズの印象派部門のナンバー・ツーという地位を辞してわずか数日後に、ブライス・フェンストンが雇ってくれたことに、彼女は驚くと同時にいくぶんほっとしてもいた。

彼女の直属の上司は、ある大規模なコレクションのセールを、最大のライヴァルであるクリスティーズにさらわれた責任が自分にあると彼女が認めたあと、当分の間きみの昇進の可能性はなくなったと明言していた。何か月もかけてこのクライアントを甘い言葉やお世辞で丸めこみ、家宝の処分をサザビーズにゆだねることを約束させたあとで、無邪気にもその秘密を恋人に打ち明けて、相手が他言はしないものと思いこんでしまったのだった。だが、結局のところ恋人は弁護士だった。

そのクライアントの名前が《ニューヨーク・タイムズ》の美術欄に載ったとき、アンナは恋人と仕事の両方とも失った。数日後に同じ新聞がアンナ・ペトレスク博士は「疑惑に包まれて」サザビーズを辞めた――「くび」の婉曲《えんきょく》語法――と報じたことも傷手《いたで》で、コラムの執筆者はご親切にもクリスティーズに職を求めても無駄だろうと追討ちをかけた。

ブライス・フェンストンは印象派の大規模なセールには欠かさず顔を出していたので、競売台の横に立ってメモを取ったりスポッターを務めたりするアンナに気がつかないはずはなかった。彼女が美貌《びぼう》とスポーツウーマンらしい体型のおかげで、ほかのスポッターたちのように競売場の脇《わき》のほうに追いやられずに、常に最も目立つ場所に配置されている、などと言う者がいれば、本人は大いに憤慨していただろう。

アンナはプレイメイツ・アーチをくぐるときにストップウォッチを見た。二分十八秒。このループを十二分で走るのがいつもの目標だった。決して速くはないことを知っていたが、それでも人に追い抜かれるたびに腹が立ったし、相手が女性の場合はとくに腹立たしかった。前年のニューヨーク・マラソンで九十七位になったアンナが、セントラル・パークの朝のジョギングで二本足の生きものに追い抜かれることは稀《まれ》だった。

彼女の思いはブライス・フェンストンに戻った。美術界と深い関わりのある人々――競売場、大手画廊、個人経営の画商たち――の間では、フェンストンが一大印象派コレクションを築きつつあることがかなり前から知られていた。彼は、スティーヴ・ウィン、レナード・ローダー、アン・ディアス、タカシ・ナカムラなどとともに、新たに出品された大作の落札者として名前が挙がっていた。こうしたコレクターたちの場合、しばしば無邪気な趣味として始まったものが、たちまちどんな麻薬にも劣らないほど苛酷《かこく》な中毒症状を呈するようになってしまうことがある。ファン・ゴッホを除く印象派の大家たちの作品をすべて所有しているフェンストンにとって、このオランダの巨匠の作品を入手するという考えは、それだけで純度の高いヘロインの注射に等しく、しかも一回注射すると、禁断症状で手を震えさせながら密売人を探す中毒患者のように、すぐにつぎの一回分の薬を必要とした。彼の麻薬密売人がアンナ・ペトレスクだった。

フェンストンは《ニューヨーク・タイムズ》でアンナがサザビーズを辞めることを知ると、ただちに、本気でコレクションを続ける決意を伝える高額のサラリーを提示して、彼女をフェンストン・ファイナンスの取締役に迎えようとした。アンナが誘いに応じる決め手となったのは、フェンストンもまたルーマニア出身であるという発見だった。彼は事あるごとに、自分もアンナと同じように、チャウシェスク政権の弾圧を逃れてアメリカに亡命したのだと語っていた。

アンナがこの銀行に転職してから幾日もたたないうちに、フェンストンは早くも彼女の専門知識をテストした。昼食を兼ねた最初のミーティングで行った質問の大部分は、いまだに二代目または三代目の一族が所蔵している大規模なコレクションに関するアンナの知識を試すものだった。六年間のサザビーズ勤務を経て、アンナの手を通らずに、あるいは少くとも彼女が実物を見たうえで自分のデータベースに加えることなしに、競売にかけられた主要な印象派作品は、ほとんど皆無と言ってよかった。

アンナがサザビーズに入って最初に学んだことのひとつは、何代も続く名門が売手で、新興成金が買手であることが多いという現実だった。彼女がブライス・フェンストン——極めつきの新興成金——の代理として、第七代ウェントワース伯爵《はくしゃく》の長女、レディ・ヴィクトリア・ウェントワース——名門中の名門——と接触したきっかけも、そんな事情からだった。

アンナは他人のコレクションに対するフェンストンの執着ぶりが理解できなかったが、やがて美術品を担保に多額の融資を行うのが社のポリシーであることを知った。いかなるジャンルの作品であれ〝美術品〟を担保物件と考える銀行は少《すくな》い。不動産、株、債券、土地、宝石ならともかく、美術品はめったに担保に取られない。銀行家は美術市場を理解していないし、美術品を担保として要求したがらない。その理由として無視できないのは、美術品の保管、保険、そしてしばしばそれらを売却しなければならない状況では、手間がかかるだけでなく現実的でもないからである。フェンストンが美術品への真の愛情も特別な知識も持っていないことをアンナが見抜くまで、さして時間はかからなかった。彼はオスカー・ワイルドの、あらゆる物の値段を知っているがその価値を知らない人間、という言葉を絵に描いたような人物だった。しかしアンナが彼の真の動機を知るのはまだしばらく先のことである。

アンナに最初に与えられた任務のひとつは、イギリスへ行って、フェンストン・ファイナンスに多額の融資を申しこんだ見込み客、レディ・ヴィクトリア・ウェントワースの財産を評価することだった。ウェントワース・コレクションは二代目伯爵によって築かれた典型的なイギリス式コレクションであることがわかった。この第二代伯爵は、大金持で、後代の人々から才能あるアマチュアと評されるのにふさわしい趣味と鑑識眼をそなえた変り者の貴族だった。彼は同国人の画家たちの中から、ロムニー、ウェスト、コンスタブル、スタッブズ、モーランドなどに加えて、ターナーの傑作『プリマスの夕暮』をコレクションに加えた。

第三代伯爵は芸術になんの関心も示さなかったので、息子の第四代伯爵が財産を相続し、同時に祖父の審美眼を受けつぐまで、コレクションは埃《ほこり》をかぶったままだった。ジェイミー・ウェントワースはまる一年近く祖国を離れて、当時グランド・ツアーと呼ばれていたヨーロッパ大陸巡遊旅行を行った。パリ、アムステルダム、ローマ、フィレンツェ、ヴェネツィア、サンクト・ペテルスブルグの諸都市を歴訪してウェントワース・ホールに戻ったときは、イタリア人の妻は言うに及ばず、ラファエロ、テイントレット、ティツィアーノ、ルーベンス、ホルバイン、ファン・ダイクなどの作品を引き連れていた。しかしながら、動機は不純だが、先祖たちの上を行ったのは、第五代伯爵チャールズだった。彼もまたコレクターだったが、蒐集《しゅうしゅう》の対象は絵ではなく愛人だった。パリで情熱的な週末を過したあと――ロンシャンの競馬場が主な活動の舞台だったが、一部にクリヨン・ホテルの寝室も含まれていた――彼は新手《あらて》の牝馬《ひんば》にせがまれて、彼女のかかりつけの医者から無名の画家の絵を買わされるはめになった。チャールズ・ウェントワースは愛人と別れてイギリスへ戻ったが、その絵は持ち帰って客用寝室に追放した。多くの愛好家たちが今ではその『耳を切った自画像』をファン・ゴッホの最高傑作のひとつとみなしているのだが。

ファン・ゴッホ作品の購入に当っては慎重を期すべきだと、アンナは前もってフェンストンに警告していた。その真贋《しんがん》の決定はしばしばウォール・ストリートの銀行家よりも疑わしかったからである――フェンストンはこの比喩《ひゆ》にいい顔をしなかったが。彼女は個人コレクションの中にはいくつかの偽物《ぎぶつ》が混っているし、オスローの国立美術館のように、重要な美術館の所蔵品にさえ贋作があると、雇い主に話していた。しかしながら、ファン・ゴッホの『自画像』に添付された資料――その中にはチャールズ・ウェントワースに言及しているガシェ医師の手紙、この作品が最初に売られたと

き の八百フランの領収書、それにアムステルダムのファン・ゴッホ美術館の絵画部長、ルイス・ファン・ティルボルフによる認定証書などが含まれていた——を検討したあとで、彼女はこのすばらしい肖像画が真に巨匠の手になるものだと、フェンストンに保証できると確信した。

ファン・ゴッホの熱狂的愛好家たちにとって、『耳を切った自画像』は究極の高みだった。巨匠はその生涯に三十五点の自画像を描いているが、耳を切ったあとではわずか二点しか描いていない。本格的なコレクターならみなこの作品を欲しがるのは、残る一点はすでにロンドンのコートールド美術研究所に展示されているからである。フェンストンがどこまで本気でもうひとつの自画像を手に入れようとしているのかを知りたい、と言うアンナの気持はますます強くなっていた。

彼女はウェントワース・コレクションの目録を作成し、評価するために、ウェントワース・ホールに滞在するという楽しい十日間を過した。そしてニューヨークへ戻ると、取締役会に——その顔ぶれはフェンストンの親友たちか、施しにありつくために尻尾《しっぽ》を振る政治家たちが中心だった——万一コレクションを売却する必要が生じた場合、その金額はフェンストン・ファイナンスの三千万ドルの融資を完済してなお余りあるだろうと報告した。

アンナはヴィクトリア・ウェントワースがそれほど多額の金を必要とした理由を知らなかったが、ヴィクトリアが「愛するパパ」の早すぎる死を嘆き、信頼していた財産管理人の引退と、四十パーセントという法外な相続税についてこぼすのを、ウェントワース・ホール滞在中に何度も聞かされていた。「アラベラがほんの数分早く生まれてくれてさえいたら……」と言うのが、ヴィクトリアの果てしない繰り言のひとつだった。

ニューヨークへ戻ったあと、アンナは資料を見なくてもウェントワース・コレクションに含まれる絵画や彫刻をすべて思いだすことができた。ペンシルヴェニア大の同級生たち、サザビーズの同僚たちの間で彼女を際立《きわだ》たせていた生まれつきの才能のひとつに、写真的記憶力《フォトグラフィック・メモリー》があった。一度見た絵は、そのイメージも出処も所在も決して忘れなかった。日曜ごとに新しい画廊やメトロポリタン美術館の一室を訪れたり、あるいは個々の画家の最新の全作品目録に目を通したりして、暇つぶしに自分の特殊な能力をテストした。外出先からアパートに戻ると、見てきたすべての絵のタイトルを書いて、それを種々の目録と照合した。大学卒業後、ルーヴル、プラド、ウフィッツィ、それにもちろんワシントンの国立美術館、フィリップス美術館、ゲッティ美術館などを自分の記憶装置《メモリー・バンク》に加えた。三十七の個人コレクションと無数の目録も脳のデータベースに蓄積されて、フェンストンをして喜んで法外な給料を払う気にさせる資産となった。

アンナの仕事は、取引の可能性のある相手のコレクションを評価し、取締役会で検討するための報告書を提出するところまでだった。契約段階までは一度も関わったことがなかった。契約はもっぱら銀行のお抱え弁護士、カール・リープマンの役目だった。だが、ヴィクトリアはフェンストン・ファイナンスが十六パーセントの複利を請求していると、一度ならずアンナの前で口を滑らせていた。フェンストン・ファイナンスは、負債と、世間知らずと、専門的な財政知識の欠如に乗じて荒稼ぎしていることを、アンナはたちまち見抜いた。この銀行は取引先が返済不能に陥ることを歓迎しているようだった。

アンナは歩幅を拡《ひろ》げて回転木馬の前を通り過ぎた。ストップウォッチを見た——十二秒遅れだった。顔をしかめたが、少くともだれにも追い抜かれてはいなかった。思考はウェントワース・コレクションと、今朝フェンストンに伝える予定の提案に戻った。この銀行で働き始めてから一年も経《た》っていないし、まだサザビーズかクリスティーズに職を得るのが無理なことは百も承知だったにもかかわらず、会長が自分の提案を受け入れない場合は辞める決心をしていた。

過去一年間、フェンストンの虚栄心と折り合い、時おり自分の思い通りにならないときに爆発させる癇癪《かんしゃく》にさえ耐える術《すべ》を身につけていたが、取引先を、とりわけヴィクトリア・ウェントワースのような世間知らずな顧客の判断を誤らせるようなことは許せなかった。そんな短期間でフェンストン・ファイナンスを辞めては履歴書に傷がつくかもしれないが、進行中の詐欺《さぎ》事件の捜査はそれ以上の汚点になるだろう。

5

「彼女が死んだかどうかはいつわかりますか?」と、リープマンがコーヒーを飲みながら訊《き》いた。

「今朝にも連絡があるはずだ」と、フェンストンが答えた。

「それは結構。と言うのは、わたしは彼女の弁護士に連絡して――」そこで少し間をおいた――「不審死の場合は――」ふたたび間をおいて――「すべての決定はニューヨーク州法廷の管轄《かんかつ》に帰属することを伝える必要があるのです」

「契約書のその条項を、先方のだれ一人として疑問に思わなかったとは不思議だな」

フェンストンは二個目のマフィンにバターをつけながら言った。

「当然ですよ」リープマンが指摘した。「まさか自分がもうすぐ死ぬことなど知る由《よし》もないんですから」

「警察がわれわれの関与を疑う理由はあるかな？」

「それはありえません。あなたはヴィクトリア・ウェントワースと会ったこともないし、契約書には署名していないし、あの絵を見てもいないんですから」

「見た者はウェントワース家の人間とペトレスクだけだ。しかし、わたしが知りたいのは、いったいどれくらい時間がたてば安全かということだ――」

「それは難しい質問ですね。しかし、とくにこういう世間の注目を惹《ひ》く事件の場合は、警察が容疑者さえいないと認めるまで何年もかかることもありうるでしょう」

「二年で充分だろう」と、フェンストンが言った。「それだけ時間があれば、利息が溜《たま》り溜って、ファン・ゴッホは手元に残し、ほかの作品を全部売り払うだけでも、当初の融資分を全額回収できるだろう」

「だとするとわたしがペトレスクの報告書を読んでいたのは幸いでした」と、リープマンが言った。「もしもヴィクトリア・ウェントワースがペトレスクの進言に耳をかしていたら、われわれは手も足も出なかったでしょう」

「まったくだ。だが、今度はペトレスクをお払い箱にする方法を考えなくちゃならん」

リープマンの唇に薄笑いが浮かんだ。「それはいたって簡単です。あの女の弱点につけこむんですよ」

「その弱点とは？」

「彼女の正直さです」

アラベラは独り客間に坐《すわ》っていた。周囲でなにが起きているのか理解できなかった。かたわらのテーブルに置かれたアール・グレイのティーは冷えきっていたが、それにも気づいていなかった。部屋の中で最も大きな音は、マントルピースの上の時計のそれだった。アラベラにとって時間は止まっていた。

館《やかた》の前の砂利道に警察の車が数台と救急車が停まっていた。制服や白衣やダーク・スーツにマスクまでつけた人々が、彼女の邪魔をしないように部屋に出入りして、それぞれの仕事をしていた。

ドアが静かにノックされた。アラベラが顔を上げると、昔からの友達が戸口に立っていた。警視正は銀色のリボンで縁どりされた庇《ひさし》つきの帽子を脱いで、部屋に入って来た。アラベラはソファから腰を上げた。顔は蒼《あお》ざめ、泣いたために目が充血していた。長身の警視正は上体を折ってアラベラの両頬にキスをし、彼女がソファに坐るのを待って、向かい合った革張りのウィング・チェアに腰を下ろした。スティーヴン・レントンは心のこもったお悔みを述べた。ヴィクトリアとも旧知の間柄だった。

アラベラは礼を述べ、背筋を伸ばして静かな口調でたずねた。「いったいだれにこんな恐しいことができたのでしょう？　事もあろうにヴィクトリアのような罪のない人に対して」

「その質問に対しては、簡単で理にかなった答は見つかりそうもありません」警視正は答えた。「ましてや遺体の発見まで数時間たっていて、加害者が立ち去るのに充分な時間があったこともマイナスです」彼は少したためらってから続けた。「どうでしょう、二、三質問に答えていただけますかな？」

アラベラはうなずいた。「加害者を追いつめるのに役立つことならなんでもします」と、相手が使った言葉を憎しみをこめてくりかえした。

「ふつう殺人事件の捜査ではまず第一に、姉上に敵がいたかどうかを質問するのですが、わたしは彼女のお人柄をよく知っていますから、正直言って敵がいたなどとは考えられません。とは言うものの、ヴィクトリアがなにか問題を抱えていたことをご存知かどうか、お尋ねする必要があります。なぜなら――」警視正は一瞬躊躇《ちゅうちょ》した――「村ではしばらく前から、お父上が亡《な》くなられたあと、彼女はかなりの負債を抱えていた、と言う噂《うわさ》が流れていたからです」

「知らなかった、と言うのが正直な答です」と、アラベラは言った。「わたしがアンガスと結婚したあと、わたしたち夫婦は夏に二週間と、一年おきのクリスマスにスコットランドからここへやって来ただけでした。わたしがこっちに戻ってサリー州に住むようになったのは、夫が亡くなってからで」――警視正はうなずいただけで口を挟まなかった――「そのあと同じ噂を耳にしました。地元では、わたしのお店で扱ったいくつかの家具は、ヴィクトリアが使用人のお給金を払うために手放したものだという噂が流れていました」

「その噂は事実だったんですか？」

「とんでもない。アンガスが亡くなって、わたしがパースシャー州の農場を売ったあと、ウェントワースに戻って小さなお店を開き、生涯の趣味を採算のとれる商売にするだけの余裕は充分すぎるほどあったのです。でもわたしは、父が経済的に困っていたという噂は本当かと、何度か姉に尋ねました。そのたびにヴィクトリアは問題はなにもない、心配は無用と答えました。だけど姉は父が大好きでしたから、父が失敗をするはずはないと思い込んでいたのかもしれません」

「その点についてなにか思い当たることは……？」

アラベラはソファから立ち上がり、なんの説明もなしに部屋の反対側にあるライティング・デスクに近づいた。そして姉の机で発見された血の飛び散った手紙を手に取り、戻って来て警視正に手渡した。

スティーヴンは書きかけの手紙を二度読みかえしてから質問した。「この『解決策が見つかりました』と言うのはなんのことかわかりますか？」

「いいえ。でもアーノルド・シンプソンと話をすれば、その質問に答えられるかもしれません」

「わたしは楽観しませんね」と、スティーヴンは言った。

アラベラは彼の意見に反論しなかった。警視正が本能的に弁護士という人種を信用していないことを知っていたからだ。弁護士と言うやつはどんな警察官よりも自分たちが上だという態度をあからさまに見せつける。

警視正は立ち上がってアラベラに歩み寄り、並んで腰を下ろした。そして彼女の手を取った。「いつでも電話してください」と、彼は優しく言った。「隠し事はしないようにお願いしますよ。姉上を殺した犯人を突きとめるには、あらゆることを洗いざらい知る必要がありますから」

アラベラは答えなかった。

◎

「あら、いやだ」アンナはスポーツマン・タイプの黒い髪の男にあっさり追い抜かれて、独り言を呟《つぶや》いた。過去数週間に、同じ男に追い抜かれるのが今日で何度目かだった。男は振り向かなかった——本格的なランナーでそんなことをする者はいなかった。アンナは男に追いつこうとしても無意味なことを知っていた。百ヤードも行かないうちに脚がふらふらになってしまうだろう。一度この謎《なぞ》の男を横目でちらと見たことがあったが、相手は大きなストライドで彼女を引きはなし、見えるのはストローベリー・フィールズの方角へ走り続けるエメラルド・グリーンのTシャツの背中だけになってしまった。アンナは男のことを頭から閉めだして、ふたたびフェンストンとのミーティングに考えを集中しようと試みた。

アンナはすでに会長室へ報告書を届けて、銀行は自画像をできるだけ早く売却すべきだと進言していた。ファン・ゴッホに取り憑《つ》かれていて、それを買うだけの財力もある東京のあるコレクターを知っていた。しかもこの自画像にはもうひとつつけこむ隙《すき》があって、報告書でもその点を強調しておいた。ファン・ゴッホはかねてから日本美術を賛美していて、自画像の背景の壁に『芸者のいる風景』の版画を描きこんでいた。そのことがタカシ・ナカムラにとってはますます抗しがたい魅力になるだろう、とアンナは踏んでいた。

ナカムラは日本最大の鉄鋼会社の会長だったが、最近は自分の美術コレクションの強化にますます多くの時間を割いて、それをいずれは国に遺贈する予定の基金の一部にすると公表していた。アンナはナカムラが極度の秘密主義者で、いかにも心の内を窺《うかが》い知れぬ日本人らしく、自分のコレクションの詳細を隠している点もまた、利点のひとつと考えていた。彼に買ってもらえればヴィクトリア・ウェントワースも顔をつぶさずに済む――日本人ならこの気持をわかってくれるだろう。アンナはかつてナカムラのためにドガの『マダム・ミネットのダンス・レッスン』を手に入れてやったことがあった。それは売手が内密に処分することを望んだ絵で、大手のオークション・ハウスは、競売場に出没するジャーナリストたちの詮索《せんさく》を避けたい顧客のために、この種のサーヴィスを提供することがあった。彼女はめったに市場に出ないこのオランダの傑作に、ナカムラなら少くとも六千万ドルの値を付けるだろうと確信していた。

だからフェンストンが彼女の提案を受け入れるならば――断わる理由はなかった――その結果にだれもが満足するはずだった。

アンナは〈タヴァーン・オン・ザ・グリーン〉を通過するとき、もう一度ストップウォッチをチェックした。十二分以内でアーティザンズ・ゲートまで戻ろうとするなら、少しペースを上げる必要がありそうだった。丘を駆け下りながら、クライアントへの個人的な感情で判断を曇らせてはならないと考えたが、率直に言ってヴィクトリアは可能な限りのすべての助けを必要としていた。アーティザンズ・ゲートを通過すると同時にストップウォッチのボタンを押した。十二分と四秒。ざんねん。

アンナはエメラルド・グリーンのTシャツを着た男に注意深く見張られているとも知らずに、自分のアパートの方角にゆっくりと走り続けた。

6

ジャック・ディレイニーはアンナ・ペトレスクが犯罪者かどうか、まだ確信がなかった。

このFBI捜査官は、ソーントン・ハウスへ戻る途中に人混みに姿を消す彼女を見送った。姿が見えなくなると、ふたたびシープ・メドウを抜けて湖のほうへ走りだした。走りながら六週間前からの捜査対象の女性について考えた。FBIが彼女のボス——そっちは疑いもなく犯罪者だった——についても捜査を進めていることを、アンナに知られたくないために、捜査は難航していた。

ジャックの上司の管理特別捜査官《SSA》、ディック・W・メイシーが、彼を自分の部屋に呼んで、ある新しい任務を担当する八人のチームに組み入れたのは、ほぼ一年前のことだった。ジャックの任務は三つの異なる大陸で起きた三つの凶悪な殺人事件の捜査で、どの被害者も殺された時点でフェンストン・ファイナンスから巨額の融資を受けていた、と言う共通点があった。ジャックはただちに殺人は計画的に行われたもので、犯人はプロの殺し屋であると結論した。

ジャックはシェイクスピア・ガーデンを通り抜けて、ウェスト・サイドにある小さなアパートへの帰路についた。フェンストンの最も新しい採用者に関するファイルをまとめ上げたばかりだったが、彼女が自発的な共犯者なのか利用されているだけのお人好《ひとよ》しなのかを、いまだ決めかねていた。

ジャックはアンナ・ペトレスクの生立《おいた》ちから調べ始め、叔父のジョージ・ペトレスクが一九七二年にルーマニアから移住して、イリノイ州ダンヴィルに住みついたことを知った。ジョージはチャウシェスクが自薦で大統領に就任してから数週間以内に、兄に手紙を書いてアメリカへの移住を誘いかけた。チャウシェスクがルーマニアの社会主義共和国宣言を行って、妻のエレーナを大統領代行に任命すると、ジョージは姪《めい》のアンナを連れて渡米するよう再度兄を説得した。

アンナの両親は祖国を離れることを拒んだが、そのかわり一九八七年に十七歳になる娘をひそかにブカレストから脱出させ、アメリカへ送り出して、叔父のもとに身を寄せることを認めた。そしてチャウシェスク政権が倒れたらすぐに帰国してもよいと娘に約束した。アンナは帰国しなかった。たびたび両親に手紙を書いて、合衆国への移住を懇願したが、返事が来ることさえ稀《まれ》だった。二年後、彼女は父親が独裁者を倒そうとして、国境の小競合《こぜりあ》いで死んだことを知った。母親は「だれがお父さんのお墓の面倒を見るの？」と言う理由で、どうしても国を離れることを承知しなかった。

そこまでは、ジャックの属するチームのメンバーの一人が、アンナがハイスクールの校内誌に書いたエッセイを読んで知ったことだった。彼女のクラスメイトの一人も、ブカレストとか言うところからやって来た、長い金髪をお下げにしたおとなしい少女のことを書いていた。最初は朝礼で〈忠誠の誓い〉を暗誦《あんしょう》することもできないほど英語が不自由だったが、二年目の終りには校内誌の編集に携わるまでに上達していて、ジャックは多くの情報をその雑誌から入手していた。

ハイスクール卒業後、アンナは奨学金を得てマサチューセッツのウィリアムズ大学で歴史を学んだ。ある地元の新聞によれば、彼女はコーネルとの大学対抗一マイル競走で、四分四十八秒のタイムで優勝していた。ジャックはペンシルヴェニア大学へ進んでからのアンナの動静も追い続けた。そこで博士論文のために選んだテーマはフォーヴィズム運動だった。ジャックはウェブスターの辞典でこの言葉の意味を調べなくてはならなかった。それはマティス、ドラン、ヴラマンクなどに率いられる画家のグループで、印象派の影響下からの脱出、原色の大胆な使用、不調和な色彩の組合せを目指していた。また、彼は若き日のピカソがスペインを離れてパリでこのグループに加わり、《パリ・マッチ》が「永続的な重要性はない」と評した一連の作品で世間に衝撃を与えたことも知った。「いずれ正気が戻るだろう」と、同誌は読者に保証した。

ジャックはさらにヴュイヤール、リュス、カモワンと言った、それまで名前を聞いたこともない画家たちのことも知りたくなった。だが、フェンストンをとっちめる証拠にならない限り、その学習は勤務時間外まで待たなくてはならなかった。

ペンシルヴェニア大学卒業後、ペトレスク博士は大学院在学中の見習い社員としてサザビーズに入社した。それ以後ジャックの情報はやや精度に欠けることになる。サザビーズ時代の彼女の同僚たちとの接触は、限られたものにならざるを得なかったからである。それでも彼女の写真的記憶力《フォトグラフィック・メモリー》、厳密な学問的研究、そしてポーターから会長までのだれにでも好かれていた事実などは知っていた。しかし「疑惑に包まれて」がなにを意味するかを、詳しく話してくれる人間は一人もいないだろう。ただしサザビーズの現経営陣のもとでは、彼女の復職の望みはまずないことをジャックは知っていた。それから、サザビーズをくびになったのになぜフェンストン・ファイナンスに入る気になったのかも謎《なぞ》だった。その点については推測に頼るほかなかった。銀行の彼女の同僚に接近して事情を聞きだす危険は冒せなかったからである。もっとも会長秘書のティナ・フォースターが彼女の親友になったことは明らかだった。

アンナはフェンストン・ファイナンスで働き始めてからの短い期間に、最近多額の融資を受けた数人の新しい取引先を訪問していた。その全員が大規模なコレクションの所有者だった。そのうちの一人が、フェンストンの餌食《えじき》にされたこれまでの三人の犠牲者と同じ運命を辿《たど》るのは時間の問題ではないかと、ジャックは危惧《きぐ》していた。

ジャックは走り続けて西八十六丁目に出た。いまだに三つの疑問の答が見つかっていなかった。その一、フェンストンはペトレスクが入社するどれくらい前から彼女を知っていたのか？　その二、二人は、あるいは二人の家族は、ルーマニア時代から知合いだったのか？　その三、彼女は金で雇われた殺し屋なのか？

フェンストンは朝食の伝票にサインを殴り書きし、椅子《いす》から立ち上がると、リープマンがコーヒーを飲み終わるのを待たずに店を出た。ドアの開いたエレベーターに乗りこみ、今度はリープマンが八十三階のボタンを押すまで待った。ダーク・ブルーのスーツに無地のシルクのネクタイをしめた日本人男性のグループが、同じく〈ウィンドウズ・オン・ザ・ワールド〉で朝食を済ませて、エレベーターに乗りこんで来た。フェンストンはライヴァルたちが自分の階の上下にオフィスを構えていることを知っていたので、エレベーターの中では決して仕事の話をしなかった。

八十三階でドアが開くと、リープマンは雇主に続いてエレベーターから下りたが、反対方向に向かってまっすぐペトレスクの部屋を目指した。ノックもせずにドアを開けると、アンナの秘書のレベッカが、アンナが会長とのミーティングで必要とする資料を取りそろえていた。リープマンは質問を許さぬ命令口調でいくつかの指示を与えた。レベッカはただちにアンナのデスクに資料を置いて、大きな段ボール箱を探しに行った。

リープマンは廊下を戻って会長室に入った。二人はペトレスクとの対決の作戦を練り始めた。過去八年間に同じやり口を三度繰りかえしていたが、今度だけはいつものようには行かないかもしれないと、リープマンは会長に警告した。

「それはどう言う意味だ?」と、フェンストンが訊《き》いた。

「ペトレスクはおとなしくは辞めないと思います。新しい仕事が簡単には見つからないでしょうから」

「わたしの目が光っているうちは無理だろうな」と、フェンストンが手をこすり合わせながら言った。

「しかし、場合が場合ですから、万一の用心のために、わたしが――」

ドアをノックする音で会話が中断された。フェンストンが視線を上げると、銀行の警備主任のバリー・ステッドマンが戸口に立っていた。

「お邪魔して申訳ありません、会長。フェデックスの配達係がやって来て、会長宛《あて》の小包に直接受取りのサインをいただきたいと言っております」

フェンストンは配達係を手招きして、一言も言わずに、自分の名前の横の小さな長方形の枡《ます》にサインした。リープマンはじっと眺めるだけで、配達係が帰り、バリーがドアを閉めて出て行くまで二人とも無言だった。

「中身はわたしの想像通りのものでしょうか?」と、リープマンが低い声で言った。

「すぐにわかる」フェンストンが小包の包装を破って、中身をデスクに空けた。

二人はヴィクトリア・ウェントワースの左耳をじっと見下ろした。

「クランツに残りの五十万を払ってやれ」と、フェンストンが言った。リープマンが頷《うなず》いた。「それからボーナスもはずんでやってくれ」と、フェンストンは骨董品《こっとうひん》のイヤリングを見下ろしながら付け加えた。

アンナは七時過ぎ間もなく荷造りを終えた。仕事を終えたその足で空港へ向かう途中に立ち寄ってピックアップするつもりで、スーツケースをホールに残した。ロンドン行の飛行機は午後五時四十分に出発して、翌朝日が昇る直前にヒースローに到着する予定だった。アンナは機内で一夜を明かすフライトを好んだ。それだと機内で眠れる上に、ウェントワース・ホールでヴィクトリアと会って昼食をとるまでに、まだたっぷり時間があったからである。ヴィクトリアがすでに報告書を読んでいて、すべての問題を解決するにはファン・ゴッホを秘密裡《ひみつり》に売却するしかない、という提案に同意してくれることを祈った。

午前七時二十分過ぎ間もなく、アパートを出た。その朝二度目の外出だった。タクシーを呼び停めた——少し贅沢《ぜいたく》だが、会長とのミーティングにベストの状態で臨むためならそれくらいの浪費は許されるだろう。タクシーの客席に坐《すわ》って、コンパクトのミラーで身なりを点検した。最近買ったばかりのアナンド・ジョンのスーツと白いシルクのブラウスは、見る人を振り向かせずにはおかないだろう。もっとも中には黒のスニーカーに場違いな感じを覚える人間もいるだろうが。

タクシーはFDRドライヴを右折し、アンナが携帯電話をチェックする間に少しスピードを上げた。メッセージが三本入っていた。どれもミーティングのあとで対処するつもりだった。一本は秘書のレベッカからで、至急に話したいという内容だったが、どのみち数分後には会えることを考えると奇異な感じがした。あとの二本はブリティッシュ・エアウェイズのフライトの確認と、オークション・ハウスのボナムズの新会長、ロバート・ブルックスからのディナーへの招待だった。

タクシーは二十分後にノース・タワーの入口で停まった。彼女はタクシーから跳び下り、入口に押し寄せてずらりと並んだ回転式ゲートを通り抜ける人波に加わった。急行のシャトル・エレベーターに乗って、一分足らずで重役フロアの緑色のカーペットの上に立った。アンナはかつてエレベーターの中で、各階の面積が一エーカーあって、二十四時間閉まることのないこのビルの中で五万人が働いている、という話を小耳にはさんだことがあった――それは彼女の第二の故郷、イリノイ州ダンヴィルの人口の二倍以上だった。

アンナが自分の部屋に直行すると、意外なことにレベッカの姿はなかった。八時のミーティングの重要性を知っているはずなのに、なぜ部屋にいないのか不思議でならなかった。しかし関連資料はすべてデスクにきちんと積み上げられているのを見てほっとした。頼んだ資料が全部揃《そろ》っていることを確めた。まだ数分の余裕があったので、ふたたびウェントワース・ファイルに目を向けて、自分の報告書を読み始めた。「ウェントワース家の財産はいくつかのカテゴリーに分けられる。わたしの部門が関心を持つ唯一《ゆいいつ》の対象は……」

ティナ・フォースターが目覚めたのは七時少し過ぎだった。歯医者の予約は八時三十分だったし、フェンストンから今朝は定刻に出勤しなくてもよいと言われていた。ふつうそれはフェンストンがニューヨーク市外で人と会う約束があるか、あるいはだれかを解雇する場合のどちらかだった。後者の場合、ティナが出勤していて、たった今失職した人間に同情するのを彼は好まなかった。ティナはくびになるのがリープマンではありえないことを知っていた。フェンストンはリープマンなしでは生き延びられない。バリー・ステッドマンがくびなら大歓迎だが、その可能性はまずないだろう。ステッドマンは会長にお世辞を言う機会を決して逃がさなかったし、フェンストンは浜に打ち上げられて次の波を待っている海綿のように追従《ついしょう》を吸い上げたからである。

ティナはバスタブに横たわりながら――ふつうは週末にしか許されない贅沢だった――自分がくびになるのはいつだろうかと考えていた。フェンストンの秘書になってからもう一年以上経《た》っていた。この男と、彼に象徴されるすべてを軽蔑《けいべつ》しながらも、いまだに彼にとって必要不可欠な存在となるべく努力していた。その時が来るまで自分から辞めるわけにはいかない……

寝室で電話が鳴ったが、放っておくことにした。おそらくフェンストンが特定のファイルか電話番号、またはスケジュール表がどこにあるか知りたくてかけて来たのかもしれない。「目の前のデスクにあります」と言うのがいつもの答だった。一瞬、西海岸から越して来てからできたたった一人の親友、アンナからの電話かもしれないと思った。でもアンナは八時に会長に報告書を提出する予定で、たぶん今この瞬間も詳細に読みかえしている最中だろうから、それはありえないと結論した。

ティナは浴槽から出てタオルで体を包みながら微笑を浮かべた。ゆっくりと廊下を横切って寝室に入った。彼女の狭いアパートに泊まる客は、みなベッドを共用するかソファで寝なければならなかった。寝室はひとつしかないから、選択の余地はほとんどなかった。最近は泊り客が多くなかったが、それは希望者が少いせいではなかった。フェンストンにひどい目にあわされてから、ティナはもうだれも信用しなくなっていた。最近はアンナに秘密を打ち明けようかと思うこともあったが、この秘密だけは危険を冒してだれかに話すわけにはいかなかった。

カーテンを開けると、もう九月だと言うのに、夏服のほうがふさわしいような快晴の朝だった。おかげで歯医者のドリルを見てもリラックスできそうな気がした。

ドレスを着て鏡の前で全身を点検し終わると、キッチンでコーヒーをいれた。コーヒー以外にはトーストさえ食べてはいけないと、歯医者の気難しいアシスタントに指示されていたので、早朝のニュースを見るためにテレビをつけた。ヨルダン川西岸の自爆テロ事件のあとは、肥満で性生活がだめになったという理由で、マクドナルドを訴えた体重百二十キロの女性のニュースだった。〈グッドモーニング・アメリカ〉を消そうとしたとき、フォーティ・ナイナーズのクォーターバックが画面に現われた。

それを見てティナは父親のことを考えた。

7

ジャック・ディレイニーはその朝七時過ぎ間もなく、フェデラル・プラザ二十六番地のオフィスに到着した。デスクに散らばった無数のファイルを見ると気が滅入《めい》った。そのすべてがブライス・フェンストンの捜査と関わりがあり、しかも開始から一年経っても、判事に逮捕状を請求するだけの証拠をボスに提出できるほど捜査は進展していなかった。

ジャックは藁《わら》をもつかむ思いでフェンストンの個人ファイルを開いた。フェンストンをマルセイユ、ロサンゼルス、リオ・デ・ジャネイロで起きた三つの凶悪な殺人事件と直接結びつけるなんらかの小さな手がかり、個人的な特徴、あるいはちょっとしたミスに出くわすかもしれなかった。

一九八四年に、ニク・ムンテアヌと名乗る三十二歳の男がブカレストのアメリカ大使館へやって来て、ワシントンの中心で活動している二人のスパイの名前と引換えにアメリカのパスポートの支給を要求した。大使館では毎週十件以上ものこの手の申し入れを扱っていて、その大半は根も葉もない作り話だったが、ムンテアヌの情報は本物だった。それから一か月以内に二人の高官がモスクワ行の飛行機で強制送還され、ムンテアヌにはアメリカのパスポートが支給された。

ニク・ムンテアヌは一九八五年二月十七日にニューヨークへ到着した。その翌年のムンテアヌの動静に関する情報はほとんど入手できなかったが、やがて彼はマンハッタンにある業績不振の小さな銀行、フェンストン・ファイナンスを買収するだけの資金を持って、とつぜん再浮上する。ニク・ムンテアヌは名前をブライス・フェンストンに改めたが——その事自体は犯罪ではない——それからの数年間にこの銀行は東ヨーロッパ各地の非上場企業から多額の預金を受け入れ始めたにもかかわらず、彼の後援者がどんな連中なのかはだれにもわからなかった。やがて一九八九年、チャウシェスクと妻のエレーナが暴動のあとブカレストから逃亡したのと同じ年に、資金の流入がぱったり跡絶《とだ》えた。大統領夫妻は翌日捕われ、裁判にかけられて処刑された。

ジャックは窓外のローワー・マンハッタンの風景を眺めながら、FBIの基本方針を思いだした。偶然を信じるな、しかし偶然を無視するな。

チャウシェスクの死後、銀行の経営不振は二年ほど続いたようだったが、やがてフエンストンは、弁護士資格を剥奪《はくだつ》されて、詐欺罪《さぎざい》で収監されていた刑務所から出所したばかりのカール・リープマンと出会った。ほどなく銀行は以前のように利益を計上し始めた。

ジャックは数枚のブライス・フェンストンの写真を眺めた。彼はニューヨークの最もファッショナブルな女性のだれかと腕を組んで、しばしばゴシップ欄に登場した。有能な銀行家、第一級の投資家、あるいは気前のよい慈善家と言った肩書まで与えられ、名前が出るたびに彼のすばらしい美術コレクションが紹介された。ジャックは写真を脇《わき》に押しやった。耳飾りを付けた男にはどうしても馴染《なじ》めなかったし、アメリカへやって来たときは髪がふさふさだった人間が、なぜ頭をつるつるに剃《そ》り上げているのか理解できなかった。この男はいったいだれから身を隠そうとしているのだろうか?

ジャックはムンテアヌ/フェンストン・ファイルを閉じて、最初の犠牲者であるピエール・ド・ロシェルに注目した。

ド・ロシェルはワイナリーへの分担出資金として七十万フランを必要とした。それ以前に彼がワイン産業に関わった経験と言えば、規則正しくワインのボトルを飲み干したことだけのようだった。ざっと見ただけでも、彼の投資計画が「健全性」という銀行業の基本方針を充《み》たすものとは思えなかった。しかしながら、融資申込書を吟味したときにフェンストンの注意を惹《ひ》いたのは、この青年が最近ドルドーニュにある城を相続したことで、城の壁という壁にはドガ一点、ピサロ二点、アルジャントゥーユのモネ一点を含む多数の印象派の名品が飾られていた。

ワイナリーからは収益が上がらないまま不毛の四年間が過ぎ、その間に城は資産を手放し始めて、残ったのはかつて絵が掛かっていた壁を含む建物だけになった。フェンストンが自分のプライヴェート・コレクションに加えるために最後の絵をニューヨークへ送りだすころには、ド・ロシェルの当初の借入金は、利息が積もり積もって倍以上に膨れ上がっていた。ついに城そのものが売りに出されると、ド・ロシェルはマルセイユの小さなフラットに引越して、毎晩正体がなくなるまで飲み続けた。そこへやがて法科大学院を卒業したばかりの聡明《そうめい》な若い女性が現われて、ド・ロシェルが素面《しらふ》のときに、フェンストン・ファイナンスが彼のドガとモネと二点のピサロを売れば、負債を完済できるばかりか、売りに出した城を市場から引っこめた上に、自分のコレクションの残りの作品を取り戻すことも可能だと、彼に入知恵した。この入知恵はフェンストンの長期的なプランに適合するものではなかった。

一週間後、ピエール・ド・ロシェルは酔ったあげく喉《のど》を切り裂かれた死体となって、マルセイユの路地裏で発見された。

四年後、マルセイユ警察は表紙に〈迷宮入り《ノン・レゾリュ》〉のスタンプを捺《お》して捜査ファイルを閉じた。

相続財産が最終的に確定したとき、フェンストンはドガとモネと二点のピサロを除くすべての作品をすでに売却していて、借入金の複利と、銀行手数料と、弁護士費用を差引かれたあと、ピエールの弟のシモン・ド・ロシェルが相続したのはマルセイユのフラットだけだった。

ジャックはデスクから立ち上がり、こわばった手足を伸ばしてから、つぎにクリス・アダムズ・ジュニアのケースを検討することにした。もっともアダムズの身上調書ならほとんど暗記しているも同然だったが。

クリス・アダムズ・シニアはロサンゼルスのメルローズ・アヴェニューで画廊を経営して大成功していた。彼の専門分野はハリウッドの名士たちが賛美するいわゆるアメリカ派の画家たちだった。彼が自動車事故で早過ぎる死を遂げたあと、息子のクリス・ジュニアにはロスコ、ポロック、ジャスパー・ジョーンズ、ラウシェンバーグなどの作品と、『ブラック・マリリン』を含むウォーホルのアクリル画数点のコレクションが残された。

昔の同級生の一人が、財産を二倍に殖やす方法はドット・コム革命に投資することだと、クリス・ジュニアに入知恵した。クリスは自分は動かせる現金を持っていない、あるのは画廊と絵と父の古いヨット〈クリスティーナ〉だけで――それさえ妹との共有物だと答えた。そこにフェンストン・ファイナンスが入りこんで、いつもの条件で千二百万ドルの融資を行った。多くの革命の例に洩《も》れず、いくつかの死体が戦場に横たわるはめになり、その一人がクリス・ジュニアだった。

フェンストン・ファイナンスは取引先の知らぬ間に負債が雪だるま式に増え続けるままに放置した。だがそれもクリス・ジュニアが《ロサンゼルス・タイムズ》で、ウォーホルの『ショット・レッド・マリリン』が最近四百万ドル以上で売れたという記事を読むまでだった。彼はただちにロサンゼルスのクリスティーズに接触して、ロスコ、ポロック、ジャスパー・ジョーンズ等の作品も同じような高値を期待できるという保証を得た。三か月後、リープマンがクリスティーズの競売目録の最新版を持って会長室に駆けつけた。その中の競売に付される七つの品目に黄色い付箋《ふせん》が貼《は》られていた。フェンストンは電話を一本かけ、それからローマ行のいちばん早い便を予約した。三日後、クリス・ジュニアはあるゲイバーのトイレで、喉を切り裂かれた死体となって発見された。

事件当時フェンストンは休暇でイタリアにいた。ジャックは彼が泊ったホテルの請求書、航空券、それに数軒の店やレストランでカードで支払いをした計算書のコピーまで手に入れていた。

出品予定の絵はただちにクリスティーズのオークションから引き上げられ、ロサンゼルス警察が捜査を開始した。十八か月経って新しい証拠は現われず、捜査は行き詰まり、事件書類はロサンゼルス警察のほかの迷宮入り事件と一緒に地下室送りになった。クリス・ジュニアの妹に遺《のこ》されたのは、結局父親が愛したヨット、〈クリスティーナ〉の模型だけだった。

ジャックはクリス・ジュニアのファイルを投げ出して、家屋と彫像――園芸店で売っている類《たぐい》ではない――でいっぱいの芝生を相続したブラジル人の未亡人、マリア・ヴァスコンセロスの名前に目を向けた。セニョーラ・ヴァスコンセロスの夫の遺産の中には、ムーア、ジャコメッティ、レミントン、ボテロ、カルダーなどの作品が含まれていた。不幸にして彼女は一人のジゴロと恋に落ち、その男に唆《そその》かされて――ジャックのデスクの電話が鳴った。

「二番にロンドンのアメリカ大使館からです」と、秘書が告げた。

「ありがとう、サリー」と、ジャックは言った。相手は同じ日にＦＢＩに入った親友のトム・クラサンティに違いなかった。

「やあ、トム、元気か?」と、相手の声を聞く前に呼びかけた。

「元気だよ」とトムが答えた。「今もまだ毎日走っている、きみほど好調じゃないが」

「ぼくの名付け子は?」

「クリケットを始めたよ」

「裏切り者め。なにかいいニュースでも?」

「ない。それで電話したんだ。またひとつ、きみが引き受けなきゃならない事件が起きた」

ジャックの全身を戦慄《せんりつ》が走り抜けた。「今度はだれだ?」と、彼は抑えた声で訊《き》いた。

「その貴婦人の名前は、いいか貴婦人だぞ、ヴィクトリア・ウェントワースと言う」

「どんな死に方だ?」

「ほかの三人とまったく同じで、ほぼ間違いなくキッチン・ナイフで喉を切られて死んでいる」

「フェンストンが関係していると考えた理由は?」

「彼の銀行に三千万以上の負債があった」

「今度の彼の狙《ねら》いはなんだ？」

「ファン・ゴッホの自画像だよ」

「値打ちは？」

「六千万、もしかすると七千万ドルかな」

「つぎの飛行機でロンドンへ飛ぶよ」

8

アンナは七時五十六分にウェントワース・ファイルを閉じ、屈《かが》み込んでデスクの最下段のひきだしを開けた。スニーカーを黒いハイヒールに履き換えた。そして椅子《いす》から腰を上げ、ファイルを取り上げて鏡をちらと見た——髪の毛一本乱れていなかった。自分の部屋を出ると、角の大きな会長室目ざして廊下を歩きだした。二、三人の社員が「おはよう、アンナ」と挨拶《あいさつ》し、彼女が笑顔で答えた。会長室のドアをそっとノックした——フェンストンがすでにデスクの向うに坐《すわ》っていることを知っていた。彼女が一分でも遅れたら、不機嫌な顔で時計を見るだろう。アンナはどうぞという返事を待ったが、間髪を入れずドアを開けて目の前に立ったのがカール・リープマンだったのでびっくりした。彼は品質は同じではないものの、フェンストンとほぼそっくりのスーツを着ていた。

「おはよう、カール」彼女は明るく声をかけたが、相手は返事もしなかった。会長はデスクから顔を上げて、向かい合った椅子を勧めた。彼もリープマン同様朝の挨拶をしなかったが、もともと挨拶をすることなど稀《まれ》だった。リープマンが会長の右側の少し退《さが》った場所に腰を下ろした。さながらローマ教皇に侍《はべ》る枢機卿《すうきけい》と言ったところだった。地位が明白に区別されていた。アンナは今にもティナがブラック・コーヒーを運んで来るものと思ったが、秘書室のドアは固く閉されたままだった。

アンナは会長のデスクの後ろに掛かっているアルジャントゥーユのモネを見上げた。モネはこののどかな川岸の風景を何度か描いているが、この作品は中でも最高の傑作だった。かつてフェンストンにこの絵をどこで手に入れたのかと尋ねたことがあった。しかし彼は言を左右にしてはっきり答えなかったし、過去の取引を調べてもこの作品の売買への言及は見当らなかった。

彼女はリープマンに視線を向けた。飢えたような痩顔《やせがお》はシーザー暗殺の首謀者カシアスを想起させた。一日のどの時間であるかに関わりなく、常にひげを剃《そ》る必要がありそうに見えた。彼女はフェンストンに視線を転じた。こちらはどう見てもブルータスではなかったし、椅子の上で落ちつきなく体を動かして、沈黙に居心地の悪さを感じていることを気取られまいとしていた。その沈黙はフェンストンが頷《うなず》いて合図したことでとつぜん破られた。

「ペトレスク博士、実はあるけしからん情報が会長の耳に入った」と、リープマンが切り出した。「きみは銀行の機密文書のひとつを、それがどんな影響を及ぼすかを会長が考慮する間もなく、ある取引先に送ったらしい」

アンナは一瞬不意打ちを食らってどぎまぎしたが、すぐに立ちなおって同じ戦法で反撃に出た。「もしもですよ、ミスター・リープマン、あなたがウェントワース家への融資に関するわたしの報告書のことをおっしゃっているのだとしたら、確かにその通りです。わたしはレディ・ヴィクトリア・ウェントワースに報告書のコピーを送りました」

「しかし会長には、きみが報告書を取引先へ送る前に、それを読んで慎重な判断を下すのに充分な時間が与えられなかった」と、リープマンは手許《てもと》のメモを見ながら言った。

「それは事実と違いますわ、ミスター・リープマン。あなたにも会長にも九月一日に報告書のコピーを送ってあります。レディ・ヴィクトリアに、つぎの四半期ごとの返済期日が訪れる前に、彼女の置かれた状況を知らせるべきだというわたしの意見を添えてね」

「報告書は受け取っていない」と、フェンストンがぶっきらぼうに言った。

「しかも」アンナは依然としてリープマンのほうを見ながら続けた。「会長は報告書に付けた書類を会長室からわたしに戻すことによって、その内容を承認しています」

「そんなものは見てないぞ」と、フェンストンが繰りかえした。

「会長はご自分のイニシャルを書きこんでおいでです」アンナはファイルを拡《ひろ》げて関連書類を抜き取り、フェンストンの目の前に置いた。相手はそれを無視した。

「きみはせめてわたしの意見を聞くまで待つべきだった。その前にこれほど微妙な問題に関する報告書を発送してしまったのはけしからん」

アンナは彼らがなぜこうも喧嘩《けんか》腰《ごし》なのか理解できなかった。一方が取調室の優しい警官、もう一方が意地悪な警官の役割を演じる気配さえなかった。

「わたしは一週間待ちました。でも明日の午後レディ・ヴィクトリアと会う約束で、今夜ロンドンへ飛ぶ予定だと言うのに、その間会長はわたしの提案に対してノーコメントでした。それでも」アンナは会長が反論する隙《すき》を与えずに続けた。「わたしは二日後に催促状を送りました」そして二枚目の書類を会長のデスクに置いた。相手は今度もまたそれを無視した。

「しかしきみの報告書は読まなかった」フェンストンは明らかに台本に縛られているらしく、同じ台詞《せりふ》を繰りかえした。

落ち着くんだ、娘よ、冷静に、と耳元で囁《ささや》く父親の声を聞いたような気がした。

彼女は深呼吸をして続けた。「わたしの報告書は、自分もメンバーの一人である取締役会に、内密にであれ、名のあるオークション・ハウスを通じてであれ、もしもファン・ゴッホを売るとすれば、その金額は銀行の当初の融資額および利息分をカヴァーしてなお余りあることを知らせるものであって、それ以上でもそれ以下でもありません」

「しかしわたしはファン・ゴッホを売る気がないかもしれんじゃないか」フェンストンは今や明らかに台本から逸脱しつつあった。

「それが取引先の希望ならば、会長、あなたには売る以外に選択の余地はなかったでしょう」

「しかしわたしはウェントワース問題のよりよい解決策を思いついていたかもしれん」

「だとしたら」アンナは冷静な口調で言った。「会長が関係部門の責任者の意見を尋ねなかったのは意外です。そうすれば、少くとも同僚として、わたしが今夜イギリスへ発《た》つ前に、意見の相違について話し合うことができたはずです」

「生意気言うな」フェンストンの声のオクターヴが上がった。「わたしはだれの指図も受けん」

「法に従うことが生意気だとは思いません」アンナは落ち着いた声で言った。「代案があればそれを取引先に伝えるのは、銀行に課された法的義務の範囲内です。会長もご存知のはずですが、国税庁が提案し、最近議会で成立した新しい銀行業務規制のもとでは——」

「きみもご存知のはずだが、きみが第一に責任を負うべきはわたしに対してだ」

「銀行の幹部が法に違反していると思われる場合はその限りではありません。わたしは法律違反の共犯者になりたくないからです」

「わたしの尻《しり》を叩《たた》いてきみをくびにさせようとしているのか?」と、フェンストンが怒鳴った。

「違います。むしろ会長がわたしの尻を叩いて辞表を出させようとしているように思えます」対照的にアンナは冷静だった。

「いずれにしても」フェンストンは回転椅子をぐるりと回して窓の外を眺めながら言った。「この銀行におけるきみの役割が終ったことは明らかだ。要するにきみはチーム・プレイヤーじゃないからだが——そもそもきみがサザビーズをくびになったとき、わたしはその点に注意するよう警告されていたんだよ」

今立ち上がってはだめ、とアンナは自分に言い聞かせた。口をきっと結んでフェンストンの横顔をじっとみつめた。口を開こうとしたときに、相手の様子がいつもと違うことに気づき、新しい耳飾りが原因だとわかった。この男はきっと虚栄心のせいで身の破滅を招くだろうと考えたとき、彼が椅子の向きを元に戻して彼女をにらみつけた。彼女はまったく反応しなかった。

「会長、この会話はたぶん録音されているでしょうから、ひとつだけはっきりさせておきたいことがあります。あなたは銀行法というものをあまりよくご存知ないようだし、雇用法については明らかになにもご存知ない。なぜなら同僚を唆《そその》かして、世間知らずの女性から遺産を騙《だま》し取らせることは、刑法上の犯罪だからです。その点は法の裏表に通じている経験豊かなミスター・リープマンが、喜んで説明してくれるはずですわ」

「つまみ出される前に出て行け」フェンストンは椅子から跳び上がって、アンナを見下ろしながら叫んだ。アンナはゆっくり立ち上がり、フェンストンに背を向けてドアのほうへ行きかけた。

「すぐにデスクを片付けて、十分後に部屋から出て行け。そのあとまだ建物の中に残っていたら、警備員に言って放り出させるぞ」

すでに部屋から出て静かにドアを閉めていたので、フェンストンの最後の言葉は彼女の耳に届かなかった。

廊下に出て最初に会った人間はバリーで、彼は明らかにこの成行きを前もって知らされていた。今朝の出来事は彼女が出勤するずっと前からお膳立《ぜんだ》てされていたとしか思えなかった。

バリーが彼女と歩調を合わせ、時おり肘《ひじ》に手をかけたりしたにもかかわらず、アンナは可能な限り威厳を保って廊下を歩いて行った。ドアを開けて人を待っているエレベーターの前を通り過ぎた。だれを待っているのだろう？　自分でないことは確かだった。アンナは部屋を出てから十五分足らずでそこに戻った。今度はレベッカが待っていた。大きな茶色の段ボール箱を抱えてアンナのデスクの後ろに立っていた。デスクに近づいてコンピューターのスイッチを入れようとしたとき、背後から声が聞えた。

「いっさい手を触れるな。きみの私物はすでに箱詰めにされたから、すぐに部屋を明け渡してくれ」振りかえるとまだバリーが付きまとって、戸口に立っていた。

「済みません」と、レベッカが言った。「電話で知らせようとしたんですけど――」

「彼女に話しかけるな」バリーが吼《ほ》えた。「黙って箱を渡せ、彼女はくびだ」バリーは警棒の柄に片手をかけた。この男は自分のばか面《づら》に気がついているのだろうか？

アンナはレベッカのほうを向いて微笑《ほほえ》んだ。

「あなたに罪はないわ」と、段ボール箱を差し出した秘書に言った。

アンナは箱をデスクの上に置き、腰を下ろしていちばん下のひきだしを開けた。

「会社のものはいっさい持ち出すな」と、バリーが言った。

「ミスター・フェンストンもわたしのスニーカーに用はないはずよ」アンナはハイヒールを脱いで箱にしまった。それからスニーカーにはきかえて靴紐《くつひも》を結び、箱を持って廊下に出た。会長室から聞えた怒声のあとで、バリーに付添われて外へ送り出されるとなれば、その意味するところはひとつしかないことを社員のだれもが知っていた。解雇通告。今度は通りかかった人間はすばやく自分の部屋に逃げこみ、だれ一人アンナに話しかけようとしなかった。

警備主任は託された荷物を、廊下のはずれの、アンナがいまだかつて入ったことのない部屋へ連れて行った。彼女が中に入ると、バリーはふたたび戸口で見張りに立った。明らかに事前に詳細な指示が与えられていたらしく、アンナを迎えた社員は、会長に告口されることを恐れて、「おはよう」さえも言わなかった。その男は太字で九、一一六ドルという数字がタイプされた書類の向きを変えて、彼女に示した。それはアンナの月給だった。彼女は無言で点線の上にサインした。

「今日中にあなたの口座に振り込まれます」と、男は顔も上げずに言った。

アンナが振りかえると、番犬がせいぜい怖い顔をしてまだ戸口でうろついていた。経理課をあとにすると、バリーは彼女にぴったり張りついていて人気《ひとけ》のない長い廊下を戻った。

エレベーターの前で、バリーが下りのボタンを押し、アンナは段ボール箱を抱えて待った。

エレベーターのドアが開くのを待つ間に、アメリカン航空のボストン発一一便がノース・タワーの九十四階に激突した。

9

ルース・パリッシュはデスクの上の壁の出発便モニターを見上げた。ユナイテッド航空のJFK行一〇七便が、午後一時四十分にようやく出発したことを知ってほっとした。定刻の四十分遅れだった。

ルースとパートナーのサムは、ほぼ十年前にアート・ロケーションズ社を創立し、やがてサムが彼女と別れて若い女のもとへ去ると、ルースには会社が残された——そのほうがはるかに得な取引だった。長時間の労働、きびしい顧客、決して時間通りに到着しない飛行機、列車、貨物船といったもろもろのマイナス点はあるにしても、ルースは仕事と結婚していた。優れた美術品——中にはそれほど優れていないものもあるが——を、地球上の一点から別の一点へ移動させる仕事は、彼女が生まれつき具《そな》えている段取りの才を、美しい物への愛情と結びつけることを可能にした——時にはその美しい物をちらと垣間見《かいまみ》ることしかできなかったとしても。

ルースは世界中を旅して、国主催の展覧会を計画している政府から手数料を受け取り、その一方で画廊経営者や、画商や、お気に入りの絵をある家から別の家へ移すことだけを望む個人コレクターなどとも取引をした。長い間に顧客の多くは彼女の個人的な友達になっていた。しかしブライス・フェンストンは例外だった。ルースはずっと前から、この男の辞書には「どうぞ」と「ありがとう」という言葉がないと結論していた。もちろん彼のクリスマス・カード・リストにも彼女の名前はなかった。フェンストンからの直近の注文は、ウェントワース・ホールでファン・ゴッホの絵を受け取って、ただちにニューヨークの彼のオフィスに届けるようにというものだった。

この傑作の輸出許可を得るのはさほど難しくなかった。この絵の国外流出を阻止するのに必要な六千万ドルを捻出《ねんしゅつ》できる施設や美術館は、数えるほどしかなかったからである。とりわけ最近スコットランド国立美術館が、必要な七百五十万ドルを用意できなかったために、ミケランジェロの『喪に服する女の習作』が国外に流出し、アメリカのある個人コレクションに加わるのを防げなかった事件以来、その傾向はますます顕著だった。

前日ウェントワース・ホールの執事のミスター・アンドルーズから、明朝《みょうちょう》絵を発送する用意をしておくという電話を受けると、ルースは自社の滑走路乗入れの緩衝トラックを八時に館《やかた》へ差し向けるよう手配していた。彼女は十時過ぎ間もなくトラックがオフィスに到着するずっと前から、外に出て滑走路を行ったり来たりしていた。

絵がトラックから下ろされると、ルースはその梱包《こんぽう》とニューヨークへの安全な発送を、初めから終りまで自分で監督した。ふだんならマネジャーの一人にやらせる仕事だが、今日は人任せにしなかった。彼女の鋭い監視のもとで、梱包主任が中性のセロファン紙で絵を包み、時間に間に合うように徹夜で作った、発泡スチロールの内張りをしたケースに収めた。精巧なソケットレンチなしでも開けられるのを防ぐために、キャプティヴ・ボルトでケースが締めつけられた。輸送の途中で開けようとすると赤い色に変る、特殊なインジケイターがケースの外側に取りつけられた。梱包主任は箱の裏表に「壊れもの」の文字を、そして四隅に「47」という数字をステンシル印刷した。税関役人は積出し書類をチェックするときに眉《まゆ》をひそめたが、輸出許可が与えられているのを見てとると、眉がいつもの位置に戻った。

ルースは駐機している747機に車で近づいて、赤い箱が巨大な貨物室に消えて行くのを見守った。そして重い扉がぴったり閉じられるまでオフィスに引き揚げなかった。時計を見てやっと顔をほころばせた。飛行機は午後一時四十分に離陸した。

ルースは、ロイヤル・アカデミーで開催される《レンブラントの女性たち》展のために、その夜アムステルダム国立博物館から到着する絵のことを考え始めた。だが、その前にフェンストン・ファイナンスに電話を一本かけて、ファン・ゴッホが大西洋上を飛んでいることを通知した。

彼女はニューヨークのアンナの番号にかけて、先方が受話器を取り上げるのを待った。

10

大音響の爆発が起きて、ビルが左右に揺れ始めた。

アンナは廊下に投げ出され、ヘヴィ級のボクサーにマットに沈められでもしたように床に倒れた。エレベーターのドアが開き、火の玉が酸素を求めてエレベーター・シャフトを吹き抜けるのが見えた。まるでオーヴンの扉が勢よく開いたかのように、熱風が頰を叩《たた》いた。アンナは茫然《ぼうぜん》として床に伏せた。

最初に浮かんだのはビルに雷が落ちたのに違いないという考えだったが、外は雲ひとつない晴天だったので、すぐにその考えを捨てた。続いて不気味な静寂が訪れ、耳が聞こえなくなったのかと思ったが、間もなく「たいへんだ!」という叫び声が聞こえ、大きなガラスの破片や、ねじくれた金属片や、オフィス用の家具などが、目の前の窓の外を飛び去って行った。

また爆弾が仕掛けられたのに違いない、とアンナは思いなおした。一九九三年にこのビルにいたすべての人間が、二月の厳寒の午後に自分たちの身に起きたことを、繰りかえし語ってきた。出所の疑わしい話もあればまったくの作り話もあったが、事実は単純明快だった。爆発物を満載した一台のトラックがビルの地下駐車場に突入した。爆発で六人が死亡し、千人以上の負傷者が出た。地下の五階は消滅し、緊急救助隊がビルで働く人々を避難させるのに数時間を要した。それ以降世界貿易センターで働くすべての人間は、定期的な火災避難訓練に参加することを義務づけられた。アンナはこのような非常事態になにをしなければならないかを思い出そうとした。

すべての階の階段に通じる出口のドアに、赤い文字で印刷されている明白な注意事項を思い出した。「緊急時には、自分のデスクに戻らず、エレベーターを使わず、最寄りの階段を下りて外へ出ること」しかし、天井の一部が落下して、いまだに建物が揺れている状態では、そもそも立ち上がれるかどうかさえわからなかった。試しに床に手を突いて立ち上がろうとしたところ、あちこちに打身や切傷ができていたものの、骨はどこも折れていないようだった。長い距離を走り始める前にはいつもそうするように、軽くストレッチをした。

段ボール箱に残っていた中身をその場に放棄して、ビルの中央部分にあるC階段へよろめきながら進んだ。同僚たちの何人かも最初のショックから立ちなおりつつあり、私物を取りにデスクへ戻る者さえ一人、二人いた。

廊下を進むアンナにいろんな質問が浴びせられたが、どう答えればよいかわからなかった。

「わたしたちどうすればいいの?」と、一人の秘書が訊《き》いた。

「上と下と、どっちへ行くほうがいい?」と、清掃係。

「救援が来るまで待つべきかな?」と、債券ディーラー。

それらはみな警備主任に向けられるべき質問だったが、バリーの姿はどこにも見当らなかった。

アンナは階段に辿《たど》りつくと、茫然自失した人々の群に加わった。ある者は沈黙し、ある者は泣き、つぎになにをすればよいかだれ一人わかっていなかった。爆発が起きた原因やいまだに建物が揺れている理由は、だれにも見当もつかないようだった。階段のいくつかのライトは蠟燭《ろうそく》を吹き消したように消えていたが、各段の先端を示す蛍光塗料の帯は、足元からくっきりと浮き上がっていた。

まわりの何人かは携帯で外部と連絡を取ろうとしていたが、成功した者は少なかった。電話が通じた一人はボーイフレンドとおしゃべりしていた。ボスがもう帰っていい、午後は休みだと言ってたわ。別の一人は妻との会話の内容をまわりの人間に伝え始めた。ノース・タワーに飛行機がぶつかったんだってさ。

「でも、どこに？」と、何人かが同時に叫んだ。男は妻に同じ質問をした。「われわれより上の、九十階台のどこからしい」と、彼は妻の答を伝えた。

「しかしわれわれはどうすればいいんだ？」と、最上段から一歩も動いていない経理主任が訊いた。若い男は妻に向かって同じ質問を繰りかえし、答を待った。「市長は全員できるだけ早くビルの外に出るようにと言っているそうだ」

その情報を聞いて、階段にいたすべての人間が八十二階へ下り始めた。アンナは振り返ってガラス窓ごしに眺め、幕が下りたあとの劇場で、どっと外へ出ようとする最初の混雑が解消するのを待つかのように、まだ多くの人間がデスクに残っているのを見て驚いた。

アンナは市長の勧告に従った。下りながら一階分の段数を数えた――各階十八段、ということはロビーに辿りつくまで少くともあと千五百段ほど下りなければならない計算だった。階段は各階のオフィスから合流する人々で混雑し、ラッシュアワーの地下鉄の様相を呈した。アンナは階段を下りる人々の行列がひどく静かなことに驚いた。

間もなく階段には二つの列ができた。動きの遅い内側の列と、最新モデルの車が追越しをかけられる外側の列である。しかしあらゆる高速道路の例に洩《も》れず、すべての人間が規則を守るとは限らないために、しばしば列が完全にストップしては、またふらふらと動きだすのだった。新しい階に着くたびに、何人かが路肩に立ち止まり、ほかの者は休まずに進み続けた。

アンナは黒いフェルト帽をかぶった一人の老人を追い越した。過去一年間に、いつも同じ帽子をかぶったその人を何度か見かけたことを思いだした。振り返って微笑《ほほえ》みかけると、相手は帽子を軽く持ち上げた。

彼女はひたすら進み続けた。ときには一分足らずでつぎの階に着いたが、わずか数階下りただけで疲れきってしまった連中に邪魔されて、スピードが落ちることのほうが多かった。外側の車線はますます混み合い、スピード違反を犯すことは不可能になった。

六十八階に達したとき、アンナは初めて明確な命令を聞いた。

「右に寄れ、立ち止まらずに進むんだ」と、下のほうから威圧するような声が聞こえてきた。その指示は一歩進むごとに大きくなったが、下からゆっくり近づいて来る最初の消防士の姿が見えたのは、さらに数階下りてからだった。彼はだぶだぶの耐火服を着て、28という番号の入った黒いヘルメットの下でびっしょり汗をかいていた。アンナは彼があと三十階上がったらどんな状態になっているだろうか、と考えずにいられなかった。装備の負担も大き過ぎるようだった。右肩にかけたコイル状のロープと背中の二つの酸素タンクは、エヴェレストを征服しようとする登山家を思わせた。すぐ後ろに続くもう一人の消防士は、長いホースと、大きな飲料水のボトルを背負っていた。彼もひどく汗をかいていて、時おりヘルメットを脱いでは飲料水を頭からかけていた。

オフィスを出てアンナと一緒に下への移動の列に加わった人々の大部分は無言だったが、やがて彼女の前を歩いていた老人がつまずいて女性に倒れかかった。女性は鋭い段の縁で脚を切り、老人に向かって金切声をあげ始めた。

「ぐずぐずするな」と、後ろのほうから声がした。「わたしは九三年の爆弾騒動のときも今と同じことをさせられたが、まだまだこの程度じゃ済まないぞ」

アンナは腰をかがめて老人を助け起こすために足を止めたので、何人かに追い越されてしまった。

新しい階段に達するたびに、大きなガラス窓を通して、明らかに目の前を逃げて行く人の群など気にもかけず、デスクに残って仕事をしている人々が目についた。開かれたドアから切れぎれの会話さえ聞こえてきた。その中の一人、六十二階のブローカーは、九時にマーケットが始まる前に取引をまとめようとしていた。別の男は、あたかもガラス窓がテレビ・スクリーンで、自分はフットボールの試合を実況放送でもしているかのように、じっと彼女のほうをみつめていた。彼はサウス・タワーにいる友人に電話で実況中継を行っているのだった。

下から上がってくる消防士の数がしだいに多くなって、ハイウェイは対面通行になった。彼らは「右に寄れ、立ち止まるな」と、繰りかえし叫び続けた。アンナはしばしば最も足の遅い人にスピードを制限されながら進み続けた。ビルの揺れはすでに止まっていたが、周囲のどの顔にもまだ緊張と恐怖が認められた。上の階でなにが起きたのか、下でなにが待っているのかはだれにもわからなかった。アンナは大きな革張りの椅子《いす》に坐《すわ》ったまま二人の若い男に運ばれる老女を追い越すときに、後ろめたさを覚えた。老女は両脚が腫《は》れ上がり、呼吸が乱れていた。

アンナは先へ先へと進み、一階また一階と下り続けた。いくら若くて健康でもさすがに疲労を感じ始めた。

レベッカとティナのことを思い浮かべ、二人の無事を祈った。フェンストンとリープマンのことさえ考えた。あの二人は自分の身に危険が及ぶはずはないと信じて、まだ会長室に止どまっているのだろうか？

アンナは、もう安全だ、いずれこの悪夢もさめるだろうと思い始めた。まわりを飛び交うニューヨーク流のユーモアに笑いを誘われさえしているときに、後ろから叫び声が聞こえた。

「また一機、サウス・タワーにぶつかったぞ」

11

通りの反対側の爆発音らしきものを聞いたときの自分の最初の反応に、ジャックはぞっとした。サリーが駆け込んで来て、世界貿易センターのノース・タワーに飛行機が衝突したことを知らせた。

「フェンストンのオフィスを直撃してくれたのならうれしいが」と、彼は言った。

そのあと思いなおして、司令センターで管理特別捜査官のディック・メイシーやほかの上席捜査官たちの前で述べた意見は、もう少しプロフェッショナルなものだった。ほかの捜査官たちが一マイルと離れていない場所でなにが起こりつつあるかを把握しようとして電話に跳びつく間に、ジャックはSSAに、これは周到に計画を練ったテロに違いないと意見を述べた。午前九時〇三分に二機目がサウス・タワーに突入したとき、メイシーが言ったのはこれだけだった。「それはわかってる、だがどのテロ組織だ？」

ジャックの三番目の反応は遅れてやって来て、しかも不意打ちを食らわせた。アンナ・ペトレスクが脱出できていればよいという考えが浮かんだのだ。しかし五十六分後にサウス・タワーが崩壊したとき、ノース・タワーも同じ運命を辿《たど》るまでさして時間はかからないだろうと思った。

彼はデスクに戻ってコンピューターのスイッチを入れた。マサチューセッツ支局から情報が殺到して、テロ攻撃を行った二つの便はボストン発で、なお二機が飛行中であると伝えていた。同じ空港から飛び立った二機の乗客からの電話によれば、彼らもまたテロリストの支配下にあった。うち一機はワシントンに向かっていた。

ジョージ・W・ブッシュ大統領は、最初の一機が突入したときフロリダのある学校にいて、ただちにルイジアナのバークスデイル空軍基地へ連れて行かれた。副大統領のディック・チェイニーはワシントンにいた。彼はすでにほかの二機を撃墜せよという明白な指示を与えていた。だがこの命令は実行されなかった。チェイニーはどのテロ組織の犯行かも知りたがった。その夜大統領が全国民に語りかける予定で、それまでに答を要求していたからである。ジャックはデスクに止まって現場の捜査官たちからの電話を受け、ひんぱんにメイシーに報告した。捜査官の一人、ジョー・コリガンが、フェンストンとリープマンは最初の一機がノース・タワーに激突する直前に、ウォール・ストリートのある建物に入るところを目撃されたと報告してきた。ジャックはデスクに拡《ひろ》げられた多くのファイルを見下ろし、「捜査終了」という希望的観測を頭から閉めだした。

「それからペトレスクは？」

「わかりません」と、ジョーは答えた。「はっきり言えるのは、七時五十六分にあのビルに入ったのを最後に、だれも姿を見ていないということだけです」

ジャックはテレビ・スクリーンに目を向けた。三機目がペンタゴンに突入していた。考えられるのは、つぎはホワイト・ハウスだろうということだけだった。

「二機目がサウス・タワーにぶつかったわ」と、アンナの上の段にいる女性が繰りかえした。アンナはそんなめったにないことが同じ日に二度も起きるとは信じたくなかった。

「これは事故じゃない」別の声が彼女の心中を見すかしたかのように、後ろから言った。「ニューヨークで飛行機がビルにぶつかったのは、一九四五年の一度だけだ。エンパイア・ステート・ビルディングの七十九階に突っ込んでいる。しかしその日は霧がたちこめていて、しかも今のような精巧な追跡装置がなかった。それに、いいかい、市の上空は飛行禁止区域だから、これは周到に計画されたテロ攻撃に違いない。トラブルに捲《ま》き込まれたのはわれわれだけじゃないぞ、きっと」

数分以内に、真相はどうなのかもわからずに、陰謀説やテロ攻撃説や万にひとつの事故説が入り乱れた。もっと速く動けたら暴走が起きていただろう。アンナは間もなく階段上の何人かが、同時にしゃべることで最悪の恐怖を隠していることに気がついた。

「右に寄れ、足を止めるな」彼らとすれちがって上に向かう制服姿の人々が、ひっきりなしに叫んだ。下へ向かう群の中には、疲れてアンナに追い抜かれる人たちも出始めた。彼女はセントラル・パークのランニングに費した多くの時間と、歩き続けることを可能にしてくれるアドレナリンの分泌《ぶんぴつ》に感謝した。

最初に煙の臭《にお》いを嗅《か》ぎつけたのは四十階台の下のほうにいたときで、下の階から激しく咳《せ》き込む声が聞えてきた。次の階にさしかかると、煙が濃くなってたちまち肺まで入りこんだ。両手で目を覆《おお》って、止めどもなく咳きこみ始めた。火災時の死亡の九十パーセントは煙を吸い込んだ結果だというデータを、どこかで読んだことを思い出した。前を行く人々の速度が落ちて、ついに止まってしまったとき、恐怖感が一挙につのった。咳は伝染病のように拡がった。上へも下へも逃げ道なしで閉じ込められてしまったのだろうか？

「足を止めるな」下から登って来る消防士の口から明確な命令が発せられた。「二階ほど煙がひどくなるが、それを過ぎると楽になる」と、彼はまだためらっている連中に保証した。アンナは権威に満ちた口調で命令した男の顔を凝視した。そして最悪の事態はもう過ぎ去ったと確信して、その命令に従った。目を覆い、なおも咳き込みながら三階下まで下ると、消防士の言葉は嘘《うそ》ではなく、やがて煙が薄れ始めた。アンナは下からやって来るプロフェッショナルの言うことにだけ耳をかし、下りて行くアマチュアの意見には取り合わないことにした。

煙の中から抜け出した人々は、急に安心感を覚えて、すぐに足どりを速めた。しかしなんと言っても多過ぎる人数が一方通行の進行を妨げた。アンナは盲導犬に引かれながら階段を下りる盲人の後ろに入り込んだとき、慌《あわ》ててはだめと自分に言い聞かせた。「煙は怖くないよ、ロージー」と、その男は言っていた。犬が尻尾《しっぽ》を振った。

下へ、下へ、下へ、速度はいつも先頭にいる人間によって決められた。アンナが三十九階の無人のカフェテリアに到達したとき、重装備の消防士たちに港湾局職員と緊急救助隊の警官たちが加わっていた——彼らは保安と救助活動に従事するだけで、駐車違反切符も切らなければ犯人逮捕もしないので、ニューヨークの警官の中で最も人気があった。アンナは自分とは逆に上へ向かうこの人たちとすれちがうことに後ろめたさを覚えた。

アンナが二十四階に達するころには、足を引きずって歩いていた人々の何人かが立ち止まってひと休みし、中には寄り集まって話をしている者さえわずかだがいたし、ほかの者は九十四階で起きた問題が自分たちに影響するとは信じられなくて、いまだに職場から離れようとしなかった。アンナは周囲を見まわして、必死で知っている顔を探した。レベッカでもティナでもよく、バリーでさえいないよりはましだったが、まるで外国にいるような気がした。

「このあたりはレヴェル・スリー、もしくはレヴェル・フォーだ」と、消防隊長の一人が無線で連絡していた。「だからすべての階を避難させる」

アンナは隊長がすべてのオフィスを手順よく立ち退《の》かせてゆくのを見守った。すべての階がフットボール・フィールドほどの広さなので、彼はかなり手間取っていた。

二十一階では、一人の男が頑《かたく》なにデスクに居残っていた。たった今十億ドルの通貨取引を終えて、取引成立の確認を待っているところだった。

「外へ出ろ」と隊長が叫んだが、その垢抜《あかぬ》けた服装の男は命令を無視してキイボードを叩《たた》き続けた。「出ろと言ったんだ」と隊長が繰りかえし、二人の若い部下が男を椅《い》子《す》から抱き上げて、階段に運び出した。不満顔のブローカーは渋々脱出行に加わった。

二十階まで来たとき、アンナは新しい問題に出くわした。各階のスプリンクラーと水漏れするパイプから降り注ぐ水の中を歩かなくてはならなかった。階段に散乱したガラスの破片やこわれたフレームを、危っかしく跨《また》いで進まなければならないので、どうしてもスピードが落ちた。満員のスタジアムから、一か所しかない回転式ゲートを通って外へ出ようとするフットボール・ファンの心境だった。ようやく十階台まで達すると、劇的にスピードが上がった。それより下の階はすべて立ち退《たの》きが済んでいて、階段で合流する人間の数がどんどん少なくなっていった。

十階で、アンナは開かれたドアを通して無人のオフィスを眺めた。コンピューターのスクリーンはまだチカチカしていたし、押しのけられた椅子は、坐《すわ》っていた人間がトイレに立って、今にも戻って来そうな印象を与えた。冷くなったコーヒーのプラスチック・カップや飲みかけのコークの缶がいたるところに散乱していた。そこいら中に、床にまで書類が散乱し、銀のフレーム入りの家族写真はデスクに飾られたままだった。すぐ後ろを歩いていただれかがアンナにどすんとぶつかったので、彼女は慌てて前に進んだ。

七階まで下りると、進行を滞らせるのはもはや仲間の勤め人たちではなく、水ともろもろの破片だった。危っかしい足どりでがらくたをよけながら進んでいるときに、初めてその声を聞いた。初めは微《かす》かだったが、そのうち少し大きくなった。それは下のほうから聞こえて来るメガフォンの声で、「止まるな、振りかえるな、携帯を使うな——後ろに続く人間のスピードが落ちる」と呼びかけていた。

さらに三階分下りて、ようやくロビーに辿りつき、床に溜《たま》った水の中をじゃぶじゃぶ歩いて、つい二時間前に彼女を運び上げた急行のシャトル・エレベーターの前を通過した。とつぜん頭上のスプリンクラーからまた水が降り注いだが、それでなくてもすでにずぶ濡《ぬ》れだった。

メガフォンから轟《とどろ》く指示は刻一刻大きくなり、ますますうむを言わせぬ響きを帯びた。「立ち止まるな、建物の外へ出て、できるだけ遠く離れろ」そんな簡単にはいかないわ、とアンナは言ってやりたかった。朝通過した回転式ゲートまで来ると、それは押しつぶされひしゃげていた。消防士たちがつぎつぎと力ずくで通り抜けて、重い装備を建物の中へ運び込んだのに違いなかった。

アンナは方角を見失い、つぎになにをすればよいかわからなかった。同僚たちが追いつくまで待つべきだろうか？　いったん立ち止まったが、それも一瞬だった。またしてもメガフォンの指示が聞こえ、それが直接自分に向けられたもののように思えたからである。「立ち止まるな、そこの女性、携帯を使うな、振りかえるな」

「だが、どこへ行けばいいんだ？」と、だれかが叫んだ。

「エスカレーターで下りて、モールを抜け、建物からできるだけ遠くへ離れるんだ」

アンナは超満員のエスカレーターに乗る蛮人たちの群に加わった。それに乗ってコンコースまで運ばれ、もうひとつのエスカレーターでオープン・プロムナードまで上がった。しばしばティナやレベッカと落ち合って、屋外《オープン・エア》コンサートを聴きながらアウトドア・ランチをとった場所だった。今はオープン・エアも、もちろん心和ませるヴァイオリンの調べもなかった――またしても「振りかえるな、振りかえるな」というメガフォンの怒号が聞こえるだけだった。アンナはその指示に従わなかった。足を止めたばかりか、膝《ひざ》をついて吐きさえした。最初の一人に続いてまた一人、九十階より上に閉じこめられて、じわじわ焼かれて苦しみながら死ぬよりは、確実な死を選んで窓から跳び下りる人々を、信じられぬ思いで見守った。「立つんだ、そこの女性、立ち止まるな」

アンナは気を取りなおしてよろめきながら前に進んだ。ふと、避難を指揮する者たちのだれ一人として、建物から逃げ出す人間と目を合わせようとはせず、個々の質問に答えようとさえしないことに気がついた。それは避難をスピード・ダウンさせるばかりでなく、まだ建物の中にいて外へ出ようとしている人々の動きを妨げることにもなるからだった。

ボーダーズ書店の前を通り過ぎるとき、アンナはベストセラー一位の『マンハッタンを死守せよ』が飾ってあるウィンドウをのぞいた。

「歩き続けるんだ、そこの女性」と、いちだんと大きな声が呼びかけた。

「どこへ?」彼女はやけになって尋ねた。

「どこでもいい、とにかく歩き続けるんだ」

「どっちの方角へ?」

「どっちだろうと知ったことか、とにかくタワーからできるだけ遠く離れろ」

アンナは嘔吐《おうと》の残りかすを吐き出して、建物から離れるために歩き続けた。広場の入口まで達したとき、消防車と、どうにか歩ける負傷者やもう一歩も歩けない人たちの手当をする救急車と出会った。アンナはどちらの世話にもならなかった。やっと通りに達して見上げると、矢印のついた道路標識が真っ黒な煤《すす》に覆われていた。「市庁舎」の文字が辛うじて読みとれた。アンナは初めて速足で歩きだした。速足が駆足に変り、やがて下の階から彼女より先に出発した人々の何人かを追い越し始めた。その時、またもや背後で耳慣れない音が聞こえた。その雷鳴のような音は刻一刻大きくなっていった。振りかえりたくなかったが音のするほうを振りかえった。サウス・タワーが、まるで竹でできているかのように、目の前で崩れ落ちるのを見ながら、その場に立ちすくんだ。灰色の容赦ない蛇が彼女に襲いかかり、すべての人間を窒息させてしまうのは、もはや寸秒の問題だろう。アンナは自分はもうすぐ死ぬのだと信じて疑わなかった。死がすばやく訪れることだけを願った。

フェンストンはウォール・ストリートにあるオフィスの安全地帯から世界貿易センターを眺めた。

二機目の飛行機がサウス・タワーに突入するのを信じられない思いで見守った。大部分のニューヨーカーがこの非常時にどうすれば友人、身内、同僚を助けられるかと考え、ほかの人々はこの事件がアメリカにとってどんな意味を持つかと考えているとき、フェンストンの頭にはたったひとつの考えしかなかった。

彼とリープマンは、一機目がノース・タワーに激突する直前に、有望なクライアントと会うためにウォール・ストリートに到着した。彼はクライアントとのアポイントメントを断念し、それから一時間廊下の公衆電話にへばりついて、だれでもよいから銀行の人間と連絡を取ろうとしたが、だれ一人電話に出なかった。ほかにも電話が空くのを待つ人がいたが、フェンストンは梃子《てこ》でも動かなかった。リープマンも携帯で同じ試みを続けていた。

フェンストンは二度目の火山の噴火のような爆発音を聞くと、受話器がぶらさがったままにして窓際《まどぎわ》に走り寄った。リープマンも速足であとを追った。彼らはサウス・タワーが崩落するのを眺めながら、声を失って立ちつくしていた。

「もうすぐノース・タワーも崩れるぞ」と、フェンストンが言った。

「だとすればペトレスクは生き残れないでしょう」と、リープマンが平然として言った。

「ペトレスクがどうなろうと知ったことか。ノース・タワーが崩れ落ちれば、わたしのモネが灰になってしまうが、あの絵は保険がかかっていないんだ」

12

アンナは一歩進むごとにまわりのすべてが静かになってゆくのを、ますます強く意識しながら、全速力で走り始めた。悲鳴はひとつまたひとつと消えていき、つぎは自分の番に違いないと思った。後ろにはもうだれ一人いる気配がなく、生まれて初めてだれかに追い越して欲しかった。そうすれば地球上に残された最後の人間のような気分を味わわずに済むからである。人間に出せる最高速度より十倍も速いスピードの雪崩《なだれ》に追いかけられるのがどんな気分のものか、今にしてわかった。そしてこの雪崩は黒かった。

アンナは深々と息を吸い込んで、かつて経験したことがないスピードで走ることを自分の肉体に課した。白いブラウス——今は煤《すす》で黒くなり、ずぶ濡《ぬ》れで皺《しわ》くちゃだった——を脱いで、すべてを包み込んでしまう情容赦ない灰色の雲に追いつかれる直前に、それで口を覆《おお》った。

物すごい突風に背中を押されて路上に倒れたが、それでも死物狂いで前に進もうとした。ほんの数フィート進んだだけでどうにも息ができなくなった。もう一ヤード、さらにもう一ヤードと進むうちに、とつぜん頭がなにか固いものにぶつかった。片手が壁面に触れたので、手探りしながら壁に沿って進もうとした。でも、灰色の雲から遠ざかっているのか、それとも戻っているのか？　灰、土、埃《ほこり》が口や目や耳や鼻に入りこみ、髪と皮膚にこびりついた。まるで生きながら火に焼かれようとしているかのようだった。そのほうが楽に死ねると考えて窓から跳び下りた人たちのことを思った。今は彼らの気持がよくわかったが、そこには跳び下りるビルもなく、窒息するまでどれくらい間があるだろうと考えることしかできなかった。最後の一歩を踏み出し、地面に跪《ひざまず》いて祈った。

天にまします……心の平安が訪れた。目を閉じて深い眠りに身をゆだねようとした瞬間、どこからともなく現われたパトカーの点滅灯が見えた。われらが父よ……彼女は最後の力を振りしぼって立ち上がり、青いライトのほうへ進もうとした。御名の崇められんことを……しかしパトカーは助けを求める彼女の悲しげな声に気づかずに通り過ぎた。御国の来たらんことを……アンナはまた倒れて歩道の縁で膝《ひざ》を切ったが、御心の……なにも感じなかった。天のごとく、地にも行われんことを。右手で歩道の縁にしがみついて、なんとかまた数インチ進んだ。いよいよ呼吸が止まろうとするときに、なにか暖いものに手が触れたような気がした。生きてるのかしら？「助けて」彼女は弱々しく呟《つぶや》いた。返事は期待していなかった。「手を出せ」すぐに返事があった。彼女の手が力強く握られた。「がんばって立つんだ」

アンナはその男に助けられてどうにか立ち上がった。「上のほうから射《さ》しているあの三角形の光が見えるか？」と、男の声が言ったが、彼がどっちを指さしているのかさえわからなかった。ぐるりと一回転して、三百六十度の闇《やみ》に目をこらした。とつぜん、分厚い暗闇の覆いを破って洩《も》れ出ようとする太陽光線を発見して、くぐもった喜びの声を発した。見知らぬ男の手を握って、一歩ごとに明るさを増すその光のほうへ一緒にじりじりと進んで行くうちに、ついに地獄から脱出してニューヨークへ戻ることができた。

アンナは命を救ってくれた灰まみれの男と向かい合った。制服は土と埃にまみれて、見馴《みな》れたつば付きの帽子とバッジがなかったら、とても警官とはわからなかっただろう。男が微笑《ほほえ》むと、厚化粧を塗りたくったかのように顔がひび割れた。「このまま光のほうへ進むんだ」と彼は言い、礼を言う間もなく黒い雲の中へ姿を消した。アーメン、。

❧

フェンストンは目の前でノース・タワーが崩れ落ちるのを見て、初めてオフィスと連絡を取ろうとする試みを放棄した。受話器を戻して、勝手のわからない廊下を走って行くと、リープマンが空室のドアに下げられた〈貸室〉のボードの上に売約済の文字を書きなぐっていた。

「明日になればこの部屋に借手が殺到しますよ」と、彼は説明した。「これで少くとも問題がひとつ解決しました」

「オフィスは取替えがきくかもしれないが、わたしのモネはこの世にひとつしかない」一瞬声がとぎれた。「そのうえファン・ゴッホが手に入らなかったら……」

リープマンが腕の時計を見た。「今ごろは大西洋の真上ですよ」

「だといいが。なにしろあの絵がわれわれの所有物であることを証明する書類はもうなくなってしまったからな」フェンストンは窓の外に目を向けて、かつてツイン・タワーが堂々と聳《そび》えていた場所の上空を覆う灰色の雲をじっと眺めた。

アンナは暗闇から現われ出てのろのろと歩いている人々の群に加わった。彼らはすでにマラソンを走り終えたように見えたが、実はまだゴールに達していなかった。暗闇の中から出て来たために、眩《まぶ》しくて太陽を見上げることができなかった。埃がべったりくっついた瞼《まぶた》を開けるのさえひと苦労だった。一インチまた一インチ、一フィートまた一フィート、一歩ごとに咳《せ》きこんで土埃を吐き出し、体内にあとどれくらい黒い液体が残っているのだろうと考えながら、ふらつく足で進み続けた。さらに数歩進んだところで、もう灰色の雲に追いつかれることはあるまいと信じて地面に膝を突いた。咳きこみ、唾《つば》を吐き続けた。やがて顔を上げると、驚いた見物人の群が、他の惑星からやって来た生きものでも見るように彼女を眺めていた。

「どっちかのタワーにいたんですか？」と、一人が訊《き》いた。だが答えるだけの気力が残っていなかったので、驚きの視線からできるだけ遠く離れることにした。ほんの数歩進んだところで、彼女の写真を撮ろうとして腰をかがめた日本人観光客に出くわした。腹立たしげに手を振って追い払うと、相手はすぐにさらに深く腰を折って詫《わ》びた。

つぎの交差点に達すると、歩道に坐《すわ》り込んで標識を見上げた——そこはフランクリン・ストリートとチャーチ・ストリートの交差点だった。最初に頭に浮かんだのは、そこからティナのアパートまではほんの数ブロックしかないという考えだった。しかしティナはどこか自分より後ろにいたのだから、生きのびられたはずがなかった。だしぬけに一台のバスが彼女のそばで停まった。それはラッシュ・アワーのサンフランシスコの市電のように超満員だったが、それでも乗客は奥へ詰めて彼女が乗れる隙間《すきま》を作ってくれた。バスはあらゆる角で停まって、下りる人は下ろし、乗る人は乗せた。料金は徴収されなかった。ニューヨーカーたちは一人残らず結束して、繰り拡《ひろ》げられるドラマの中でなんらかの役割を演じたがっているかに見えた。

「ああ、なんてこと」アンナは坐席《ざせき》に坐ると小声で言い、両手で顔を覆った。階段ですれちがった消防士たちのこと、もう死んでいるに違いないティナとレベッカのことを初めて考えた。悲劇がニュースの一項目以上のものになるのは、関係者のだれかを知っているときだけである。

ワシントン・スクエア・パークに近いザ・ヴィレッジでバスが停まると、アンナはほとんど転げ落ちるようにして下りた。歩道によろめいて行って、バスに乗っている間はこらえていた灰色の埃をまた何度か吐いた。一人の女性が横に坐りこんで、水の入ったボトルを差し出した。アンナは二口三口と口に含んでから、何度も黒い液体を吐き出した。一滴も飲まないのにボトルは空っぽになった。やがて、女性は避難して来た人々が絶えず群をなして出たり入ったりしている小さなホテルの方角を指さした。そしてアンナを助け起こし、腕を取って、一階の婦人用化粧室のほうへゆっくりと連れて行った。化粧室は性別を無視した男女で満員だった。アンナは鏡に映った自分を見て、さっきの見物人たちがあれほどまじまじとみつめたわけを理解した。まるでだれかが数袋の灰を彼女の全身にぶちまけたかのようだった。水を出しっぱなしにした蛇口の下で、黒いところは爪《つめ》だけになるまで両手を洗った。つぎに顔にこびりついて固まった埃を洗い流そうとした——がほとんど無意味な試みだった。見知らぬ女性に礼を言おうとして振りかえったが、先ほどの警官と同じように、ほかの人を手助けするためにすでに立ち去っていた。

アンナは足を引きずりながら路上に戻った。喉《のど》はからから、膝には切傷があり、足は水ぶくれができて痛んでいた。ウェイヴァリー・プレイスをゆっくりと歩きながら、ティナのアパートの番地を思い出そうとした。無人のウェイヴァリー・ダイナーの前を通ってなおも歩き続け、二七三番地で立ち止まった。

まるで命綱をつかむように、見馴《みな》れた鍛鉄の階段の手摺《てすり》につかまって、玄関のドアの前まで体を引き上げた。ブザーの横の名前のリストを指でなぞった。アマート、クラヴィッツ、ガンビーノ、オローク、フォースター……フォースター、フォースターと、狂喜して繰りかえしてから、小さな呼鈴を押した。でも死んだはずのティナが出られるわけはない、という考えしか浮かばなかった。そうすればティナが生き返るとでも言うようにブザーを押し続けたが、もちろん生き返りはしなかった。埃のこびりついた頬を涙で濡らしながら、ようやく諦《あきら》めて帰ろうとしたとき、どこからともなく腹立たしげな声が詰問《きつもん》した。「いったいだれなの？」

アンナは階段の上に坐り込んだ。

「よかった」彼女は叫んだ。「生きてたのね、生きてたのね」

「でも、まさか……」と、驚いた声が言い返した。

「ドアを開けて」アンナは懇願した。「そうすればわかるわ」

オートロックが解除されるカチッという音は、その日アンナが聞いた最も好ましい音だった。

13

「生きていたのね」ティナはドアを開けて、友達を抱きしめながら繰りかえした。アンナはヴィクトリア朝の煙突から這《は》い出した浮浪児にも見えたことだろうが、ティナは委細構わず抱きついた。

「あなたにはいつも笑わされっぱなしだったけど、もう笑うことはないのかしらと考えていたちょうどそのときに、ブザーが鳴ったのよ」

「わたしはわたしで、あなたがどうにかビルの外へ出られたとしても、タワーが崩れ落ちたあとまで生きのびられたはずはないと考えていたわ」

「シャンペンがあったら栓を抜いてお祝いしたいところだけど」と、ティナはやっと両腕をほどいて言った。

「コーヒーで手を打つわ。二杯目をお代わりしたあとで、お風呂《ふろ》を使わせて」

「コーヒーでよかったら」ティナはアンナの手を取って、廊下の奥の狭いキッチンへ引っ張って行った。カーペットに点々と灰色の足跡が残った。

アンナは小さな木製のテーブルに坐《すわ》り、両手を膝《ひざ》に置いて、音を消したテレビを見た。手を触れたものがみな灰と埃《ほこり》で汚れてしまうことに気がついて、じっと動かないようにしていた。ティナはそのことに気がつかないようだった。

「妙なことを言うと思うかもしれないけど」と、アンナが言った。「なにが起きているのか全然わからないの」

ティナがテレビの音を大きくした。

「十五分見ていれば」ティナはコーヒー・ポットにお湯を注ぎながら言った。「なにもかもわかるわ」

アンナはサウス・タワーに突入する飛行機、上層階から死を覚悟で跳び下りる人々、サウス・タワーに続くノース・タワー崩壊の、えんえんと繰りかえされるリプレイを眺めた。

「そしてもう一機がペンタゴンに突っ込んだの?」と、彼女は訊《き》いた。「で、あと何機空を飛んでいるの?」

「もう一機いたけど」ティナは二つのマグカップをテーブルに置いて言った。「どこに向かっていたのかだれにもわからないらしいわ」

「たぶんホワイト・ハウスね」とアンナが言って画面に目を向けると、ブッシュ大統領がルイジアナのバークスデイル空軍基地から国民に語りかけていた。「断わっておくが、アメリカ合衆国はかならずこの卑劣な行為の責任者を追いつめ、処罰する」

画面は二機目がサウス・タワーに突入するシーンに戻った。

「ああ、なんてことなの」と、アンナが言った。「飛行機に乗っていた罪のない乗客のことを考えもしなかったわ。いったいだれがこんなひどいことをしたの？」と、彼女のマグカップにブラック・コーヒーを注ぐティナに質問した。

「国務省はひどく慎重だし、テロ容疑者の常連――ロシア、北朝鮮、イラン、イラク――は、われ先に『わたしは潔白だ』と声を大にして叫び、犯人を突き止めるために全力を尽すと誓っているわ」

「だけどニュースキャスターはなんて言ってるの？　彼らが慎重になる理由はなにもないと思うけど」

「ＣＮＮはアフガニスタン、とくにアル＝カイーダという名前のテロリスト・グループを名指している――そう発音するんだと思うけど初めて聞く名前なので自信はないわ」ティナはそう言いながら向かい合って腰を下ろした。

「わたしはアル＝カイーダというのは、宗教的な狂信者グループで、サウジ・アラビアの石油を手に入れるためにあの国を支配することしか頭にない連中だと思うわ」アンナはテレビに視線を戻して、最初の飛行機が激突したときにノース・タワーにいるのはどんな感じだったかを想像しようとするコメンテイターの声に聞き入った。あなたになにがわかるの、とアンナは言ってやりたかった。百秒がわずか数秒に凝縮され、見慣れたコマーシャルのように何度も何度も繰りかえされた。サウス・タワーが崩壊し、煙がもくもくと立ち昇ったとき、アンナは大きく咳《せ》き込んで、周囲のいたるところに灰を振り落とした。

「だいじょうぶ?」ティナがさっと椅子《いす》から立ち上がって訊いた。

「ええ、なんでもないわ」アンナはコーヒーを飲み干した。「テレビを消しても構わない? あの現場にいるのはどんな気分だったか、それを何度も思い出させられるのは耐えられないの」

「もちろんいいわよ」ティナはリモコンを取り上げてオフ・ボタンを押した。映像が消えた。

「建物の中にいた友達みんなのことを考えずにいられないの」ティナにコーヒーのお代わりを注いでもらいながら、アンナが言った。「レベッカはどうなったのか……」

「彼女からは連絡がないわ。今のところ連絡があったのはバリーからだけよ」

「ええ、バリーなら邪魔な人間を踏みつけてでも真先に階段を下りると思う。でもバリーはだれに電話をかけたの？」

「フェンストンによ。携帯から」

「フェンストンですって？　わたしは飛行機がぶつかる数分前に会長室を出たのに、彼はどうやって逃げ出したのかしら？」

「彼はそのときすでにウォール・ストリートに到着していた――資産といったらゴーギャンの絵が一点だけという、カモになりそうな取引先と会う約束があったのよ。そういう約束には絶対に遅れないわ」

「そしてリープマンも？」アンナはまたひと口コーヒーを飲んで尋ねた。

「例によって影のごとくにね」

「だからエレベーターがドアを開けて待っていたのね」

「エレベーター？」

「それはどうでもいいの。ところであなたはどうして今朝出勤しなかったの？」

「歯医者の予約があったからよ。何週間も前から予定表にも書いてあったわ」ティナは言葉を休めて、テーブル越しにアンナを見た。「ニュースを聞くと同時に、ずっとあなたの携帯にかけ続けたんだけど、聞えたのは呼出音だけ。いったいどこにいたの？」

「オフィスから放り出されるところだったのよ」

「消防士に？」

「いいえ、あのゴリラ、バリーによ」

「でも、どうして？」

「フェンストンがわたしをくびにしたからよ」

「くびですって？」ティナはまさかという表情で言った。「なんで選りに選ってあなたがくびなの？」

「取締役会の報告書で、ヴィクトリア・ウェントワースはファン・ゴッホを売れば、銀行の当座貸越しを清算できるだけでなく、ほかの財産も手放さずに済むと提案したからよ」

「でもファン・ゴッホはフェンストンが融資に応じた唯一《ゆいいつ》の理由なのよ。それぐらいあなたも知っていると思ったわ。彼は何年も前からファン・ゴッホを狙《ねら》っていたのよ。ヴィクトリアがその絵を売って銀行の借金という枷《かせ》から逃れることに、絶対に同意するはずがないわ。でも、だからと言ってあなたをくびにする理由にはならない。いったいどんな口実で――」

「わたしは自分の提案を取引先にも送ったのよ。だって銀行業務の倫理から言ってそうするのが当然でしょう」

「フェンストンが夜も寝ずに考えているのは、銀行業務の倫理なんかじゃないと思うわ。だとしてもあいつがこんなに急いであなたをくびにした理由がわからない」

「わたしが間もなくイギリスへ飛んで、有望な買手まで考えたことをヴィクトリア・ウェントワースに知らせるつもりだったからよ。日本の有名なコレクター、タカシ・ナカムラは、値段さえ妥当ならすぐに取引に応じるはずだわ」

「ナカムラに目を付けたのは間違いだわ。値段がどうであれ、フェンストンは絶対に彼とは取引しないと思う。二人とも長い間ファン・ゴッホを追い求めているし、印象派の大作がオークションにかかるときはいつもあの二人が最後まで争うのよ」

「なぜそのことをわたしに言わなかったのかしら？」

「自分がなにを企《たくら》んでいるかをあなたに知らせるのは、かならずしも得策じゃないからよ」

「でもわたしたちは同じチームのメンバーなのよ」

「あなたってほんとに世間知らずね、アンナ。フェンストンはだれともチームなんか組まないことに気がつかないの？」

「でも彼がヴィクトリアにファン・ゴッホを引き渡させるには、条件が――」

「さあ、それはどうかしら」

「どうして？」

「フェンストンは昨日ルース・パリッシュに電話して、ただちに絵を受け取りに行くよう命じたのよ。わたしは『ただちに』という言葉を繰りかえすのを聞いたわ」

「つまりヴィクトリアに、わたしの提案に従って行動するチャンスを与えないうちにってことね」

「あなたがロンドン行きの飛行機に乗って、彼の計画を邪魔する前にくびにする必要があったことも、それで説明がつくわ。いいこと」と、ティナは付け加えた。「その踏み固められた道に足を踏み出す人は、あなたが最初じゃないのよ」

「それはどういう意味？」

「フェンストンがなにを企んでいるかを見抜いた人間は、すぐに出口を指さされるってこと」

「じゃあなたはなぜくびにならないの？」

「わたしは彼の気に入らない提案をしたりしないからよ。つまりわたしは脅威とは見られていないわけ」ティナはひと呼吸おいて続けた。「少くとも今のところはね」

アンナが腹立たしげにテーブルをどすんと叩《たた》くと、うっすらと埃が舞い上がった。

「なんてばかだったのかしら。こうなることに気付くべきだった。今となってはもうどうにもならないわ」

「そうと決まったもんでもないわ。ルース・パリッシュがウェントワース・ホールから絵を運びだしたと確かめたわけじゃないんだから。もしもまだだったら、ヴィクトリアに電話して、あなたがナカムラと接触するまで絵を手元に止どめておくように入知恵する時間はたっぷりあるわ——そうすれば彼女はまだフェンストンの負債を完済するチャンスがあるし、彼は指をくわえてそれを見ているしかないわ」とティナが言ったとき、彼女の携帯が『カリフォーニア・ヒア・アイ・カム』のメロディを奏《かな》でた。彼女は相手のＩＤをチェックした。ボスという文字が表われた。ティナは唇に指を立てた。「フェンストンからよ。たぶんあなたから連絡があったかどうかを知りたいんだわ」そして携帯を開いた。

「だれが瓦礫《がれき》の中に取り残されたかわかるか？」と、ティナが話しかける前にフェンストンが質問した。

「アンナですか？」

「いや、ペトレスクは死んだよ」

「死んだですって？」ティナはテーブル越しに友の顔をみつめた。「でも——」

「そうとも。バリーがここへやって来て、最後に彼女の姿を見たときは床に横たわっていたと証言したから、とうてい生きているとは思えない」

「いずれわかるでしょうけど――」

「ペトレスクのことは忘れろ」と、フェンストンは言った。「彼女の代わりはすでに見つけてある。しかし代わりが見つからないのはわたしのモネだ」

ティナはショックのあまり一瞬沈黙した。やがて彼の考えがいかに間違っているかを知らせようとして、ふとフェンストンの鈍感さをアンナのために利用できるかもしれないと考えた。

「と言うことは、ファン・ゴッホも失われたということでしょうか？」

「いや。ルース・パリッシュがあの絵はすでにロンドンを出発したことを確認している。今夜JFKに到着するはずで、リープマンが受け取りに行く手筈《てはず》になっている」

ティナは気落ちして椅子《いす》にへたり込んだ。

「明朝は六時に出勤してくれ」

「朝の六時ですか？」

「そうだ。文句は言わさんぞ。今日はまる一日休みを取ったじゃないか」

「で、どこへ行けばいいんですか？」ティナは逆らう気をなくしていた。

「ウォール・ストリート四十番地のトランプ・ビルディングの三十二階に、新しいオフィスを確保してある。だから少くともわれわれにとっては、営業は平常通りだ」電話が切れた。

「彼はあなたが死んだものと思っているわ」と、ティナは言った。「でもそれよりもモネを失ったほうが大事件みたい」と付け加えながら、携帯を閉じた。

「わたしが死んでいないことはすぐにわかるわ」と、アンナが言った。

「あなたが知らせようと思わなきゃわかりっこないわよ。タワーを脱出してからだれかに見られた？」

「見られたとしてもこの恰好《かっこう》じゃわたしだとわからないわ」

「じゃ死んだと思わせておいて、その間になにをしなければならないかを考えるのよ。フェンストンはファン・ゴッホがすでにニューヨークへ向かっていて、リープマンが到着しだい受け取る手筈になっていると言ってたわ」

「わたしたちにできることは？」

「わたしがなんとかしてリープマンの空港行を遅らせるから、あなたが先回りして絵を受け取るのよ」

「でもその絵をどうするの？　フェンストンは間違いなくわたしを探しに来るわ」

「いちばん早い飛行機をつかまえてロンドンへ飛び、絵をウェントワース・ホールに戻すのよ」

「ヴィクトリアの許可なしにそんなことはできないわ」

「なに言ってるの、アンナ、もう少し大人になってよ。そんな優等生みたいな物の考え方はやめて、そろそろフェンストンがあなたの立場だったらどう考えるかを想像してみるべきよ」

「彼は飛行機が何時に到着するかを調べるだろうから、わたしがまず最初にしなければならないことは――」

「あなたがまず最初にしなければならないのは、シャワーを浴びることよ。その間にわたしが飛行機の到着時間と、リープマンがなにをしているかを調べるわ」ティナは腰を上げた。「ひとつだけ確かなことがある、その恰好じゃ、空港へ行ったってなにも渡してもらえないわ」

アンナはコーヒーを飲み干して、ティナのあとから廊下に出た。ティナはバスルームのドアを開けて、友の顔をしげしげと眺めた。「それじゃ、およそ――」彼女は言いよどんだ「――一時間後に」

アンナはこの日初めて声を立てて笑った。

アンナは着ているものをゆっくり脱いで足元に落とした。鏡を見ると、見たことのない人間がそこに映っていた。首からシルヴァー・チェーンをはずして、浴槽の横のヨットの模型の隣りに置いた。最後に腕時計をはずした。それは八時四十六分で止まっていた。あと数秒遅かったらエレベーターに乗り込んでいただろう。

シャワーの下に立って、ティナの大胆な計画について考え始めた。蛇口を両方ともひねり、洗うことも忘れてしばらくぬるま湯を体にかけ続けた。お湯は黒からねずみ色に変わったが、いくらごしごし洗ってもあとはそれ以上色が薄まらなかった。そのうち肌が赤くなってひりひりしだしたところで、シャンプーの壜《びん》が目に止まった。三度くりかえして髪を洗うまでシャワーの下から出なかったが、それでも本来ナチュラル・ブロンドであることに人が気付くまでは何日もかかりそうだった。体を拭《ふ》かずに、腰をかがめてバスタブに栓をし、蛇口をひねった。お湯に浸りながら、その日に起きたことを残らず思い浮かべた。

どれだけ多くの友達や同僚を失ったことだろう。そして自分がこうして生きていられるのはどれほど幸運だったことか。しかしヴィクトリアを、真綿で首を絞《し》められるような死から救うチャンスがあるとしたら、今日の死者たちを悼《いた》むのは後回しにしなければならなかった。

ティナのノックで考えが中断された。彼女はバスルームに入って来て浴槽の縁に腰かけた。「ずいぶんましになったわ」彼女はアンナの洗いたての体を見て笑いながら言った。

「あなたのアイディアについて考えていたところなの」と、アンナが答えた。「もしも――」

「計画変更よ。たった今、追って指示があるまで国内線のすべての飛行機は飛行停止、国際線のすべての便は着陸禁止という連邦航空局の発表があったわ。だからファン・ゴッホは今ごろヒースローへ逆戻りよ」

「それじゃすぐにヴィクトリアに電話して、絵をウェントワース・ホールへ戻すようルース・パリッシュに指示させなくっちゃ」

「賛成。だけどフェンストンがモネよりもっと大事なあるものを失ったことに、たった今気が付いたわ」

「彼にとってモネより大事なものなんてありうる？」

「ヴィクトリアと交わした契約書、それにヴィクトリアが負債を返済できなかった場合、ウェントワースのほかのすべての財産とともにファン・ゴッホが彼の所有に帰することを証明するほかのいっさいの書類よ」

「でも書類の控えはあるんでしょう？」

ティナは一瞬躊躇《ちゆうちよ》した。「ええ、フェンストンの部屋の金庫にね」

「だけどヴィクトリアも同じ書類を持っていることを忘れないで」

ティナはふたたび躊躇した。「彼女がそれを破棄しなければね」

「ヴィクトリアは絶対に承知しないわ」

「彼女に電話して訊《き》いてみたらどう？　万一その気になったら、フェンストンが手も足も出せないうちにファン・ゴッホを売って、負債を完済するのに充分な時間が稼げるわ」

「それにはひとつだけ問題があるの」

「なんなの？」

「彼女の電話番号を知らないのよ。彼女のファイルはオフィスに置いてあったし、携帯と電子手帳《パーム・パイロット》、それにお財布まで含めて、なにもかも失《な》くしてしまったわ」

「その問題はきっと国際番号案内が解決してくれるわ。とにかく体を拭いてバスローブを着たらどう？　なにを着るかはあとで決めましょう」

「ありがとう」アンナはティナの手を握って言った。

「わたしが昼食になにを食べさせようとしているかわかったら、たぶんその言葉を取り消すわよ。だって客が来るなんて予想していなかったから、中華の残りもので我慢してね」

「おいしそう」アンナは浴槽から出てタオルを取り、きつく体に巻いた。

「二、三分待ってね。電子レンジがごちそうを仕上げてくれるわ」

「ティナ、ひとつ訊きたいことがあるの」

「なんでも言ってみて」

「わたしに劣らずフェンストンを嫌っているのに、なぜ彼のところで働き続けるの？」

ティナは答を躊躇した。「その質問だけはかんべんして」と、やがて言った。そして静かにドアを閉めた。

14

ルース・パリッシュは外線の受話器を取り上げた。

「やあ、ルース」聞き慣れた声が聞き慣れないメッセージを伝えるために話しかけた。「ユナイテッド航空のケン・レインだが、うちのニューヨーク行一〇七便はヒースローへ戻るよう指示された。約一時間後に到着の予定だよ」

「でも、どうして？」と、ルースが尋ねた。

「詳しいことはわからないが、ＪＦＫからの報告によれば、ツイン・タワーがテロ攻撃に遭ったらしい。全米の空港で追って指示があるまで飛行が禁止され、国外からの便は着陸できないそうだ」

「いつから？」

「こっちの時間で一時三十分ごろからだ。あんたは昼飯に出かけていたんだろう。どのテレビ局でも最新情報が得られるよ。みなそのニュースばかりだ」

ルースはデスクからリモコンを取り上げて、テレビに向けた。

「ファン・ゴッホは倉庫に入れて保管するか、それともわれわれのほうでウェントワース・ホールへ戻すかね？」

「それはなしよ。うちの保税倉庫で一泊させて、JFKの規制が解除になりしだい、もう一度ニューヨーク行のいちばん早い便で送りだすわ」ルースはしばし間をおいて続けた。「到着予定時刻の約三十分前に、もう一度確認の電話をちょうだい。それに従ってトラックを待機させておくから」

「いいとも」と、ケンが答えた。

ルースは受話器を置いてテレビを見上げた。リモコンで五〇一を押した。最初に目に跳び込んで来たのは、飛行機がサウス・タワーに突入するシーンだった。

アンナから電話がなかった理由がそれでわかった。

◎

アンナは体を拭きながら、ティナがフェンストンのために働き続ける理由はなんだろうと考え始めた。だがいくら考えても謎《なぞ》は解けなかった。なんと言っても、ティナはもっとずっとましな仕事につけるほど頭がよかった。

友達のバスローブを羽織ってスリッパを履き、鍵《かぎ》のついたチェーンを首に戻して、今は物の役に立たなくなった時計を腕にはめた。そうして鏡を覗《のぞ》くと、見た目にはかなりましな姿に戻っていたが、わずか数時間前の恐ろしい経験を思い出すたびに、いまだに吐気に襲われた。あと何日、何か月、何年経《た》てばこの悪夢から解放されるのだろうか。

バスルームのドアを開けて、カーペットの上に残したねずみ色の足跡を器用に避けながら廊下を進んだ。キッチンに入って行くと、ティナがテーブルの用意を中断して彼女に携帯を渡した。

「ヴィクトリアに電話して、あなたの計画を知らせるのよ」

「わたしの計画？」

「まず手初めに、ファン・ゴッホがどこにあるか知っているかと尋ねるのよ」

「わたしの推測では、ヒースローの保税倉庫に保管されていると思う。でも答を知る方法はひとつしかないわ」アンナは０番にかけた。

「国際電話交換台です」

「イングランドの番号調べをお願いします」

「会社ですか、住宅ですか？」

「住宅です」

「先方のお名前は?」

「ウェントワース、ヴィクトリア」

「アドレスは?」

「サリー州ウェントワースのウェントワース・ホールです」

長い間をおいて答が告げられた。「お気の毒ですが、その番号は電話帳に載っておりません」

「それはどういう意味なの?」

「番号をお知らせできないということです」

「でも緊急事態なのよ」と、アンナは食い下がった。

「申訳ありません。やっぱりお知らせできないんです」

「わたしはこの人の親友なんだけど」

「たとえあなたがイギリス女王であろうと、繰りかえしますが、この番号をお知らせするわけにはいきません」電話が切れた。アンナは顔をしかめた。

「じゃ、プランBは?」と、ティナが言った。

「なんとかしてわたし自身がイギリスへ行き、ヴィクトリアと会ってフェンストンの魂胆を知らせるしかないわ」

「結構。それじゃ、つぎはどの国境を越えるかを決めなくっちゃ」

「アパートへ戻って荷物を取って来ることさえできないのに、どの国境だろうと越えるチャンスなんてあるかしら？――わたしがまだ生きてぴんぴんしていることを全世界に知らせるつもりなら話は別だけど」

「代わりにわたしがアパートへ行くのはだれにも止められないわ」と、ティナが言った。「なにが必要か言って。そしたら荷造りして――」

「その必要はないわ。要るものはみなまとめてホールに置いてある――今夜ロンドンへ飛ぶ予定だったんだから当然よ」

「じゃ、わたしに必要なのはアパートの鍵だけね」

アンナは鍵のついたチェーンを首からはずして、ティナに渡した。

「ドアマンの前を通るときはどうすればいい？　きっとだれに会いに来たのかと訊《き》かれるわ」

「それはだいじょうぶよ。ドアマンの名前はサム。デイヴィッド・サリヴァンに会いに来たと言えば、にっこり笑ってエレベーターを呼んでくれるわ」

「デイヴィッド・サリヴァンてだれなの？」

「彼の部屋は四階にあって、同じ女の子を二度部屋に呼ぶことはめったにないの。女の子たちに恋人は自分だけだと思わせて安心させるために、サムに毎週数ドルの口止め料を払っているのよ」

「だけどまだお金の問題があるわ。あの騒ぎでお財布もクレジット・カードも失《な》くしてしまったことを忘れないで。それにわたしの手持ちの現金はたった七十ドルくらいよ」

「わたしが昨日自分の口座から三百ドル引き出しておいたわ。高価な絵を移動させるときは、万一遅れが出ると困るので、途中で荷物係に鼻薬を効かす必要が生じたときにそなえて現金を用意しておくのよ。ほかにもベッドサイドのひきだしにあと五百ドル入っているわ」

「それからわたしの時計も必要ね」と、ティナは言った。

アンナは自分の時計をはずしてティナのそれと交換した。

ティナはアンナの時計をしげしげと眺めた。「飛行機がビルに突入したのは何時だったか、あなたは決して忘れられないわね」と彼女が言ったとき、電子レンジがチンと鳴った。

「食べられるかしら?」ティナが前日の残りもののチキン焼そばと卵入りチャーハンをテーブルに出しながら言った。二人は食事をしながら、飛行機を使わずにニューヨークから脱出する方法と、どこで国境を越えるのが最も安全かを検討した。二度目のコーヒー・ポットと一緒に残りものの中華を残らず平らげるまでに、マンハッタンから脱出するための考えられるすべてのルートを検討し終わったが、アンナはまだ北に向かうか南を目ざすかを決めかねていた。ティナが皿を流しに運んで言った。「いちばん速いと思う方角に決めたらどう？　その間にわたしはサムに疑われないようにあなたの部屋に入って、荷物を取って来るわ」

アンナはふたたび友達を抱きしめた。「気を付けてね。外はこの世の地獄よ」

ティナはアパートの階段の上に立って数分間待った。なんとなくいつもと違う感じがした。やがてそのわけがわかった。ニューヨークは一日で変貌《へんぼう》していた。

路上には、地球上で最もエネルギッシュな集団を構成していた、せかせかした、立ち止まって話す暇もない人々の姿がもはや見られなかった。ティナには今日が日曜日のように感じられた。いや、日曜日ですらなかった。人々は立ち止まって世界貿易センターの方角を眺めていた。耳に聞こえるバックグラウンド・ミュージックはひっきりなしのサイレンの音だけで、それはニューヨーク市民に、彼らが家庭やクラブやバーや商店のウィンドウのテレビで見ていることが、数ブロック離れたところで今実際に起こりつつあることを——もしも思い出させる必要があればだが——絶えず思い出させた。

ティナは通りを歩きながらタクシーを探したが、日ごろ見なれたイエロー・キャブの代わりに、目につくのは赤、白、青の消防車と救急車とパトカーだけで、それらがすべて同一方向へ走っていた。街角に市民が三々五々寄り集まって、通り過ぎる三種類の車に拍手を送っていた。あたかも外敵と戦うために祖国を離れる若い新兵たちを送り出すような光景だった。もうそのために外国まで行く必要はないんだわ、とティナは思った。

ティナは一ブロックまた一ブロックと歩き続けながら、週末と同じように、通勤者たちの姿が消えて、目につくのは地元の人間ばかりであることに気が付いた。だがもうひとつ、見馴《みな》れない別のグループが茫然《ぼうぜん》自失の体で路上をさまよっていた。ニューヨークは、過去一世紀の間に、世界中のあらゆる国々の国民を吸収してきたが、今またもうひとつの人種がそれに加わりつつあった。この最も新しい移民グループは、あたかも地底から到着したかに見えて、どの新しい人種もそうであるように、色——灰色——で容易に見分けがついた。彼らは本格的な競技ランナーたちが走り終えて姿を消したあと何時間も経ってから、足を引きずりながらゴールを目ざすマラソン・ランナーたちのように、マンハッタンをさまよっていた。しかし秋のこの日の夕刻に空を見上げた人間ならだれでも、はっきり目に見えて違う風景に気が付いたはずである。ニューヨークのスカイラインを支配するのは、もはやその誇り高く光り輝く摩天楼群ではなかった。それらは歓迎されざる訪問者のように市の上空を覆《おお》う灰色の靄《もや》にかすんでしまっていたからである。ときおりこの恐ろしい靄に切れ目が生じたとき、ティナは初めてギザギザの金属片が地面から突き出ているのに気が付いた——それが世界一高いビルディングの残骸《ざんがい》のすべてだった。歯医者が彼女の命を救ってくれたのだ。ティナは二十四時間眠らない都市の、無人の商店やレストランの前を通り過ぎた。ニューヨークは甦るだろう。しかし二度と元には戻らないだろう。テロリストははるか遠い国、中東のパレスチナやイスラエル、スペイン、ドイツ、北アイルランドなどに住んでいた人々だった。彼女は上空の靄を見上げた。彼らはマンハッタンに居を定め、名刺を残していた。

ティナは通りかかった数少ないタクシーの一台に、どうせだめだろうと思いながらふたたび手を振った。それは急ブレーキをかけて停まった。

15

アンナはキッチンに戻って皿を洗い始めた。下から階段を上がって来る顔、生涯記憶にこびりついて消えない惧《おそ》れのある顔を、ひっきりなしに思い出さなくて済むように、忙しく手を動かし続けた。自分の類《たぐい》まれな特殊能力にもマイナス面があることに気がついていた。

消防士たちの顔の代わりにヴィクトリア・ウェントワースのことを、そしてフェンストンが他人の人生を破滅させるのをいかにして阻止するかを考えようとした。フェンストンが最初からファン・ゴッホを盗み、ヴィクトリアの血を最後の一滴まで絞り取る魂胆だったことを、わたしは知らなかったと言っても、彼女は信じてくれるだろうか？　取締役会の一員でありながら易々《やすやす》と騙《だま》されたと言っても、信じてもらえるはずがない。

アンナはキッチンを出て地図を探しに行った。居間にあるティナのデスクの上の本棚に、合衆国第二代大統領ジョン・アダムズに関する最近のベストセラーに立てかけられた。〈マンハッタン市街地図〉と〈コロンビア版北米地図〉の二冊が見つかった。彼女は足を止めて、本棚の向かい側の壁に飾られたロスコのポスターを眺めた——彼女の好きな時期の作品ではなかったが、オフィスにも一点飾ってあるところを見ると、ティナの好きな画家の一人に違いなかった。キッチンに戻ってニューヨークの地図をテーブルに拡《ひろ》げた。

マンハッタンからの脱出ルートが決まると、地図を折りたたんで、より大きな本に目を向けた。それが越えるべき国境を決める助けになってくれればよいと願った。メキシコとカナダの索引を調べて、取締役会で検討してもらう報告書でも作成するかのように、厖大《ぼうだい》なメモを取り始めた。常に二つの案を提示しながら、報告書の結論として本命の案を強く推すのが彼女の流儀だった。青い表紙の分厚い地図帳を閉じたとき、時間内にイギリスに到着するにはどの方角を目ざすべきかという点で、彼女の肚《はら》は決まっていた。

ティナはソーントン・ハウスに向かうタクシーの中で、ドアマンに疑われずにアンナの部屋に入り、荷物を持ち出すにはどうすればよいかと考えた。建物の前でタクシーが停まると、ジャケットのポケットに片手を入れようとした。ところがジャケットを着ていなかった。顔から火が出た。金を持たずに出て来てしまったのだ。プラスチックの仕切り窓を通して運転手の身分証明書を見た。アブドゥル・アフリディ――気晴らしの数珠《ウォーリー・ビーズ》がバックミラーからぶら下がっていた。運転手は後ろを振り向いたが笑っていなかった。今日はだれも笑顔を見せなかった。

「お金を持たずに出て来てしまったの」とティナは口走り、罵声《ばせい》を浴びせられるのを待った。

「いいんだよ」運転手は穏かな口調で言い、急いで車から下りて彼女のためにドアを開けてやった。ニューヨークではすべてが一変していた。

ティナは運転手に礼を言って、びくびくしながら玄関ドアに近づいた。最初の台詞《せりふ》はちゃんと用意されていた。ところがカウンターの中に坐《すわ》ったサムが、両手で頭を抱えて泣いているのを見たとたんに台本が書き変えられた。

「どうしたの？」と、ティナは尋ねた。「世界貿易センター《WTC》にだれか知合いがいたの？」

サムが顔を上げた。目の前のデスクにはジョギング中のアンナの写真があった。

「彼女が戻らないんです」と、サムが答えた。「ここの住人でWTCで働いている人たちは、みんな何時間も前に戻っているんですよ」

ティナは老人の肩に腕を回した。ここにも一人犠牲者がいる。アンナは元気に生きていると、どれほど彼に知らせてやりたかったことか。しかし今日は話すわけにいかなかった。

◎

アンナは八時を回ったところでひと休みして、テレビのチャンネルをつぎつぎに変えてみた。どの局もみな同じだった。この二幕劇で自分が演じた取るに足らない端役《はやく》を絶えず思い出さずに、えんえんと続くニュース番組を見続けることはできなかった。テレビを消そうとしたとき、ブッシュ大統領が全国民に語りかけるという発表があった。「こんばんは。今日、わが同胞アメリカ国民は……」アンナは耳を澄まして聞き入り、大統領のつぎの言葉に頷《うなず》いた。「犠牲者たちは飛行機の中に、あるいはオフィスにいました。秘書たち、男女の会社員たち……」アンナはふたたびレベッカのことを思った。「われわれはだれ一人としてこの日を忘れないでしょう……」と大統領は結び、アンナも同感だった。ふたたびサウス・タワーがパニック映画のクライマックスのように崩壊する瞬間に、テレビのスイッチを切った。

アンナは椅子《いす》の背にもたれてキッチン・テーブルの地図に視線を落とした。ニューヨークからの脱出ルートをダブル・チェック――それともトリプル・チェック?――した。翌朝出発前に済ませておく必要があることを詳細にメモしているときに、勢《いきお》いよくドアが開いて、ティナがよろめきながら入って来た――一方の肩にラップトップ・コンピューターをかけ、嵩《かさ》ばったスーツケースを引っ張っていた。疲れ切っているようだった。

「遅くなってごめん」ティナはホールに荷物を下ろし、掃除機をかけたばかりの廊下を通ってキッチンに入り込んだ。「こっちに来るバスはいくらも走ってないのよ。ましてお金を持たずに出かけたんじゃね」と付け加えて、キッチンの椅子に倒れ込んだ。「悪いけどあなたの五百ドルの一部を費《つか》わせてもらったわ。じゃないと真夜中過ぎまで帰って来られなかった」

アンナは笑いながら言った。「今度はわたしがコーヒーをいれてあげる番ね」

「途中で一度だけ、親切なおまわりさんに呼び止められて、荷物の中身を調べられたわ。飛行機に乗れないので空港から戻るところだと言ったら通してくれた。あなたのチケットまで出してみせたのよ」

「アパートでトラブルは起きなかった?」アンナはポットで三度目のコーヒーをいれ

ながら尋ねた。

「サムを慰めてあげなきゃならなかっただけよ。彼はあなたが大好きみたいね。何時間も泣いていたみたいだった。サムがいつまでもあなたのことを話し続けるものだから、デイヴィッド・サリヴァンの名前を持ち出すまでもなかったわ。わたしがエレベーターに乗り込んでも、行き先なんか気にもしていないようだった」ティナはキッチンをぐるりと見回した。ここに引っ越して以来かつてなかったほどきれいに片付いていた。「で、計画はできたの？」と、キッチン・テーブルに拡げられた地図を見ながら質問した。

「ええ」アンナは答えた。「いちばん確実なのは、フェリーでニュー・ジャージーへ渡って、レンタカーを借りる方法だと思うの。最新ニュースによるとトンネルと橋はすべて通行止めだそうだから。カナダ国境までは四百マイル以上もあるけど、明日の晩までにはトロント空港に到着しているはずだから、翌朝にはロンドンに到着しているわ」

「始発のフェリーは明日の朝何時か知ってるの？」

「建前は二十四時間営業だけど、実際は五時から十五分おきよ。でも明日は時間通りの運航はおろか、そもそも運航されるかどうかさえだれにもわからないわ」

「どっちにしても、今日は早く寝て、少し眠っておくほうがいいわ。四時半に目覚しをかけておくから」

「四時にして。フェリーが五時に出るとしたら、列の先頭に並びたいの。たぶんこの旅の最大の難関はニューヨークから出るときじゃないかと思う」

「じゃ、あなたがベッドを使って」ティナは微笑を浮かべながら言った。「わたしはカウチで寝るわ」

「それはだめよ」アンナは友達にコーヒーのお代わりを注いでやりながら言った。「あなたはすでに充分過ぎるほどよくしてくれたわ」

「まだまだ足りないくらいよ」

「あなたのしていることをフェンストンが知ったら、躊躇《ちゆうちよ》なくくびにするわね」

「くびだけで済めばいいけど」ティナはそれ以上説明しなかった。


ジャックは思わずあくびをした。長い一日だったが、それ以上に長い一夜になりそうな予感があった。

チームのだれ一人家へ帰ろうなどとは考えず、全員が見た目も声も疲れ切っていた。

デスクの電話が鳴った。

「知らせておくほうがいいと思いましてね、ボス」と、ジョーが言った。「フェンストンの秘書のティナ・フォースターが、二時間前にソーントン・ハウスに現われました。そして四十分後にラップトップとスーツケースを持ち出して、自分のアパートへ持ち帰ったんです」

ジャックはまっすぐ坐《すわ》りなおした。「それじゃペトレスクは生きているに違いない」

「われわれにそう思わせたくはないようでしたがね」

「なぜだ？」

「たぶん行方不明か死亡と思わせたいんでしょう」

「そう思わせたい相手はわれわれじゃないな」と、ジャックが言った。

「じゃ、だれです？」

「フェンストン、だろうな」

「どうして？」

「わからん。が、なにがなんでもその理由を突き止めてみせる」

「どうやって突き止めますか、ボス？」

「ペトレスクがティナ・フォースターのアパートを出るまで、作戦チームに張り込みをさせる」

「しかしペトレスクがそこにいるかどうかさえわからないんですよ」と、ジョーが言った。

「いるに決まってる」ジャックは受話器を置いた。

九月十二日

16

その夜アンナはまんじりともせずに将来のことを考えた。新たな雇主になる可能性のある会社がフェンストンと接触して、一方的に彼の言い分を吹き込まれるぐらいなら、いっそダンヴィルへ帰って地元の画家たちのためにギャラリーでも開くほうがましかもしれない、という結論に達した。自分が生きのびるためには、フェンストンがなにを企《たく》らんでいるかを証明するしかない、と思い始めた。しかしそのためにはすべての関連書類を、自分が作成した報告書さえも破棄することまで含めて、ヴィクトリアの全面的な協力が必要なことを認めざるを得なかった。

四時過ぎにティナがドアをノックしたとき、アンナは自分がエネルギーに満ちみちていることに驚いた。

もう一度シャワーを浴びて、もう一度髪を洗うと、ほぼ人間らしい気分になれた。

ブラック・コーヒーとベイグルの朝食をとりながら、ティナと一緒に計画をおさらいした。まず旅行中に守るべき基本ルールを定めた。アンナはもはやクレジット・カードも携帯電話も持っていないので、電話はティナの自宅にだけ、しかもかならず公衆電話から——同じ公衆電話は二度と使わない——かけることに決めた。アンナは「ヴィンセント」を名乗り、ほかの名前はいっさい使わない。一回の電話は常に一分以内で切り上げる。

アンナはジーンズにブルーのTシャツ、リネンのジャケットに野球帽といういでたちで、午前四時五十二分にティナのアパートを出た。ひんやりとしてまだ暗いその朝、歩道に一歩踏み出したときになにが待っているか見当もつかなかった。路上の人影はまばらで、しかもその人々はみな頭《こうべ》を垂れていた——彼らのうつむいた顔は町全体が喪に服していることを示していた。スーツケースを引っ張り、ラップトップのケースを肩にかけて、決然とした足どりで歩道を歩いて行く彼女を、振り返って見る者は一人もいなかった。どの方角に目を向けても、灰色の靄《もや》が市の上空を覆《おお》っていた。濃い雲はすでに拡散していたが、それはある種の病気のように体のほかの部分まで拡《ひろ》がっていた。なぜかわからないが、目が覚めるころにはそれも消えているだろうと思いこんでいたが、予想に反してパーティの歓迎されざる客のように最後まで帰りそうもなかった。

アンナは、まだ生存者が見つかるかもしれないと考えて、献血のために並んでいる人々の列を通り過ぎた。彼女も生存者だったが、発見されることを望まなかった。


フェンストンはその朝六時にはウォール・ストリートの新しいオフィスのデスクに坐《すわ》っていた。その時間ロンドンはすでに十一時だったからである。最初に電話をかけた相手はルース・パリッシュだった。

「わたしのファン・ゴッホはどこだ?」と、彼は名も名乗らずに質問した。

「おはようございます、ミスター・フェンストン」とルースが言ったが、相手からの朝の挨拶《あいさつ》はなかった。「あなたもご存知のはずですが、あの絵を乗せた飛行機は、昨日の悲劇のあと、途中から引き返して来ました」

「だからわたしのファン・ゴッホはどこだと訊《き》いているんだ」

「保税倉庫にあるわが社の保安金庫室に厳重に保管されています。もちろん通関を再申請して、輸出許可を更新しなくてはなりません。でも、その必要は今のところ——」

「今日中にやれ」と、フェンストンが言った。

「今朝はフェルメールの作品四点を移送する予定で――」

「フェルメールなんかほっとけ。きみが最優先すべきは、わたしの絵を梱包《こんぽう》して、いつでも引き渡せるようにしておくことだ」

「でも書類手続におそらく数日必要です。わかっていただけると思いますが、事件後の滞貨は今や――」

「滞貨など知ったことか。連邦航空局の飛行制限が解除になりしだい、絵を引き取りにカール・リープマンをそっちへやる」

「でもうちの社員は、溜《たま》った仕事を片付けるために夜も寝ずに――」

「いいか、一度しか言わんぞ。わたしの飛行機がヒースローに到着するまでに積出しの用意ができていたら、通常の三倍の、いいか三倍だぞ、料金を払おう」

フェンストンは彼女が記憶しているのは「三倍」の一語だけだろうと確信して受話器を置いた。だがそれは間違っていた。ルースは彼がツイン・タワーのテロ攻撃にひとことも触れず、アンナの名前も持ち出さなかったことに不審を抱いた。アンナは生きのびたのだろうか、もし生きているとしたら、なぜ絵を受け取りにイギリスへやって来ないのか？

ティナはフェンストンとルース・パリッシュのやりとりを、自分の部屋の内線電話

——会長に気付かれることなく——一語も洩らさず盗み聞いた。アンナと連絡を取って、一刻も早くこの情報を——二人とも考えもしなかった成行きを伝えたいと、叶《かな》わぬ望みを抱いた。たぶん今夜アンナから電話がかかって来るだろう。

ティナは電話のスイッチを切ったが、デスクの隅に取り付けられたスクリーンはスイッチを入れたままにした。そうしておけば、あらゆる出来事を、そしてこのほうがさらに重要だが、会長と接触したあらゆる人間を、これもフェンストンに知られずに観察することができた。フェンストンはボタンのひと押しで彼女を呼びつけられるのに、わざわざ部屋までやって来る心配はまったくなかったし、万一リープマンが——いつもの習慣でノックもせずに——部屋に入って来たとしても、すぐにスクリーンをオフにするだけのことだった。

リープマンはこのビルの三十二階の短期賃借権を譲り受けたときに、秘書室にはまるで無関心だった。彼の関心事は会長用にいちばん広い部屋を割りふることだけのようで、自分は廊下のはずれの部屋におさまった。ティナは自分で追加したIT装置についてなにも話していなかった。いずれはだれかに発見されるに違いないが、それまでに必要な情報——フェンストンから自分が受けたひどい仕打ちを上回る復讐《ふくしゅう》をするのに充分な情報——を集められるだろうと考えていた。

フェンストンはルース・パリッシュとの電話を終えると、デスクの脇《わき》のボタンを押した。ティナはメモ帳と鉛筆を手にして会長室へ向かった。

「まずきみに最初にやってもらいたいのは」フェンストンはティナがドアを閉めないうちに切り出した。「社員が何人残っているか調べることだ。生き残った者にわれわれがここにいることを知らせて、ただちに出社させてくれ」

「警備主任が今朝いちばんに出社して来たようです」と、ティナが言った。

「そうだ。彼は最初の飛行機がノース・タワーに突入した直後に、全社員に避難命令を出したと言っている」

「そして率先してお手本を示したそうです」と、ティナは皮肉たっぷりに言った。

「だれから聞いたんだ？」と、フェンストンが声を荒げた。

ティナは言ったとたんに後悔し、急いで部屋から出て行きながら付け加えた。「正午までに生存者のリストをお届けします」

彼女は午前中いっぱいかかって、ノース・タワーで働いていた四十三名の社員と連絡を取ろうとした。十二時までに三十四名の消息が判明した。行方不明者、推定死亡者九名の暫定《ざんてい》リストを、フェンストンが昼食に出かける前に会長室に届けた。

アンナ・ペトレスクの名前はリストの六番目にあった。

ティナがフェンストンのデスクにリストを置いたころ、アンナはタクシー、バス、徒歩、さらにふたたびタクシーに乗ってようやく十一号埠頭《ふとう》に辿《たど》り着いたが、そこにはニュー・ジャージー行きのフェリーの乗船を待つ長い行列ができていた。彼女は列の後ろに並んで、サングラスをかけ、野球帽を目がほとんど隠れるほど目深《まぶか》にかぶった。腕を組み、ジャケットの襟《えり》を立て、うつむいて立っていたので、よほど無神経な人間でなければ話しかけてくる気遣いはなかった。

警察はマンハッタンを離れるすべての人間の身分証明書をチェックしていた。髪が黒く、肌の浅黒い若い男が、列から引き出されるのを目撃した。気の毒な男は三人の警官に取り囲まれて茫然《ぼうぜん》としていた。一人が立て続けに質問し、二人が身体検査をした。

アンナがやっと列の先頭に達したときはほぼ一時間経《た》っていた。彼女は野球帽を脱いで、長い金髪と白い肌をあらわにした。

「ニュー・ジャージーへ行く目的は?」と、警官が身分証明書をチェックしながら質問した。

「友達がノース・タワーで働いていて、まだ行方不明なんです」アンナはひと呼吸おいて続けた。「彼女のご両親を慰めに行ってあげようと思って」

「お気の毒さま」と、警官は言った。「お友達が見つかるといいですね」

「ありがとう」アンナは荷物を持って急いでタラップを昇り、フェリーに乗り込んだ。嘘《うそ》をついたことで気が咎《とが》めて、警官を振りかえって見る気になれなかった。手摺《てすり》にもたれて、依然として世界貿易センターがあった場所とその両側の数ブロックを覆っている灰色の雲を眺めた。この煙の厚い毛布が消散するまで、あと何日、何週間、あるいは何か月かかるのだろうか？　この荒涼たる跡地をどう処理し、どんな方法で死者たちを祀《まつ》るのか？　彼女は目を上げて頭上の青空を眺めた。なにかが欠けていた。ＪＦＫからもラ・ガーディアからもわずか数マイルの距離なのに、空を飛ぶ飛行機は一機も見当らず、みな予告なしに全世界のほかの場所へ移動してしまったかのようだった。

古いエンジンがガタガタと震動し、フェリーはハドソン川を渡ってニュー・ジャージーに至る短い旅に出るために、ゆるやかに埠頭を離れた。

埠頭のタワーの時計が一時を告げた。早くも半日が過ぎていた。

「JFK発の最初の便が飛ぶのはあと二日先です」と、ティナが言った。

「自家用機もその対象に含まれるのか?」と、フェンストンが尋ねた。

「ええ、例外はいっさいありません」

「サウジの王室に明日飛行許可が出ます」と、会長の脇に立っているリープマンが言った。「しかし例外はそれだけのようです」

「とりあえず、新聞が優先リストと呼んでいるものに、あなたの名前を入れるよう努力しているところです」ヒースローでファン・ゴッホの絵を引き取るというフェンストンの希望を、空港当局は緊急を要する事態とみなしていないことを、ティナは彼に告げずに伏せておくことにした。

「わが社はJFKにコネはないのか?」と、フェンストンが訊いた。

「何人かいるにはいますが」と、リープマンが答えた。「みな急に大金持の親戚《しんせき》ができたようなんです」

「ほかに方法はないのか?」フェンストンは二人の顔を見た。

「車でメキシコかカナダの国境を越えて、そこから商業便を利用する方法があるかもしれません」ティナは彼がその案には見向きもしないことを承知で言った。

フェンストンは首を横に振り、リープマンに言った。「なんとかわが社とコネのある人間を親戚に仕立て上げろ——金に目がない人間はどこにでもいるものだ」

17

「どんな車でもいいわ」と、アンナが言った。

「今は一台もないんです」ハッピー・ハイヤー・カンパニーの受付にいる疲れた顔の若い男が答えた。プラスチックの名札にはハンクという名前があった。「それに明日の朝までは一台も戻らないと思いますよ」と、彼はカウンターの上に掲げられた会社のモットー、顔に微笑を浮かべずにハッピー・ハイヤーをあとにするお客様は一人もおりません、とは裏腹に付け加えた。アンナは失望の色を隠せなかった。

「ヴァンじゃだめでしょうね？」と、ハンクが打診した。「最新モデルとはいきませんが、どうしても車が必要なら」

「それでいいわ」アンナは後ろにできた長い客の列の全員が、たぶん彼女が断るのを待っているだろうと気がついて言った。ハンクは三枚重ねの書類をカウンターに置いて、小さな桝目《ますめ》に記入し始めた。アンナはパスポートと一緒に荷物に入れておいた運転免許証をカウンターに差し出して、さらにいくつかの桝目を埋めさせた。「何日間必要ですか?」と、ハンクが尋ねた。

「一日、もしかすると二日——トロント空港で乗り捨てるわ」

ハンクはすべての桝目を埋め終わると、書類をぐるりと回して彼女のサインを求めた。

「では六十ドルと、二百ドルの保証金をいただきます」

アンナは顔をしかめて二百六十ドル払った。

「それにクレジット・カードも必要です」

アンナは百ドル札をもう一枚カウンターに置いた。だれかを買収しようとしたのは生まれて初めてだった。

ハンクは金をポケットにしまった。「38番の白のヴァンです」と、キイを渡しながら言った。

アンナが38番の駐車スペースを探し当てたとき、その小さな二人乗りの白いヴァンだけが売れ残っていたわけがわかった。後ろのドアを開けて、スーツケースとラップトップを積み込んだ。それから前に回って、プラスチック・カヴァーの運転席に体を押し込んだ。ダッシュボードをチェックすると、走行距離計は98617マイルを表示し、スピードメーターの目盛は最大九十マイルまでだったが、それだけのスピードが出るかどうかも怪しいものだった。それは明らかにレンタカーとしての一生の終わりに差しかかっていて、あと四百マイルも走ればご臨終だった。車そのものに三百六十ドルの値打があるかどうかも疑問だった。

アンナはエンジンをかけて、恐る恐るバックで駐車スペースから出た。サイドミラーに映った男が慌《あわ》てて横に跳びのいた。この車がスピードも出なければ乗り心地もよくないことを発見するまで、一マイルも走る必要がなかった。助手席に拡《ひろ》げたルート・マップに目を走らせ、それからニュー・ジャージー・ターンパイクとデル・ウォーター・ギャップの標識を探し始めた。朝食のあとはなにも食べていなかったが、食事のことは少し距離を稼いでから考えることにした。

「その通りですよ、ボス」と、ジョーは言った。「彼女はダンヴィルには行きません」
「じゃ、どこへ向かっているんだ？」

「トロント空港です」

「車か列車か？」

「ヴァンです」

ジャックは所要時間を計算し、ペトレスクがトロントに着くのは翌日の午後の遅い時間だろうと結論した。

「リアバンパーにGPSを取り付けたので」と、ジョーが付け加えた。「二十四時間追跡が可能です」

「空港にエージェントを一人待機させておくことを忘れるな」

「もう手配しました。彼女の行先がわかりしだい連絡するよう指示してあります」

「行先はロンドンだよ」と、ジャックは言った。


午後三時までに、ティナは四人の名前を行方不明者リストから除くことができた。三人は市長選挙の予備選の投票に出かけ、四人目は通勤列車に乗り遅れていた。

フェンストンがリストを眺め、リープマンが会長の唯一《ゆいいつ》の関心事である名前を指さした。フェンストンはPで始まる名前を見てうなずいた。顔に笑みが浮かんだ。

「おかげで手間が省けました」それがリープマンの唯一のコメントだった。

「JFKからの最新情報は?」と、フェンストンが訊《き》いた。

「明日、一部の飛行許可が出ます。訪米中の外交官、急患、国務省の審査を通った長老政治家たちなどです。しかし金曜朝の早い枠をひとつ、なんとか確保しました」リープマンは一拍おいて続けた。「新車を欲しがる者がいたんです」

「車種は?」

「フォード・ムスタングです」

「わたしならキャディラックで手を打つがな」

アンナはその日の午後三時半にスクラントンの郊外に到着したが、さらに二時間ほど先を急ぐことにした。天気は晴れていてすがすがしく、三車線のハイウェイは北へ向かう車で混んでいて、そのほとんどが彼女の車を追い抜いて行った。両側の高層ビル群が高い木々と入れかわるのを見て、少しほっとした。ほとんどのハイウェイが五十五マイルの制限速度を設けていて、彼女のぼろ車には好都合だった。それでも車が別の車線にはみ出さないように、ハンドルにしがみついていなければならなかった。

ダッシュボードの小さな時計をちらと見た。七時までにバッファローに辿《たど》り着くようにがんばり、それからひと休みしようと考えた。

バックミラーをのぞいて、急に逃走中の犯罪者の気持がわかるような気がした。クレジット・カードも携帯も使えず、遠くのサイレンの音で心搏数《しんぱくすう》が倍加した。数分おきに肩越しに振り向いて、見知らぬ人間を警戒しながら送る人生。ニューヨークへ戻って、友人たちと会い、好きな仕事をしていたかった。父親がいつか言ったことがあった——「あら、たいへん」と、彼女は声に出して言った。ママは娘が死んだと思っているかしら？　ダンヴィルに住むジョージ叔父さんやほかの親戚はどうだろう？　電話をかけてもだいじょうぶかしら？　残念ながら犯罪者のようにはすばやく頭が回転しなかった。

リープマンが断りなしにティナの部屋に入って来た。彼女は急いでデスクのスクリーンのスイッチを切った。

「アンナ・ペトレスクはきみの友達じゃなかったのかね？」と、リープマンは説明抜きで質問した。

「ええ、そうよ」

「そうよ、だって？」

「そうだったわ」ティナは急いで訂正した。

「つまり彼女から連絡はないんだな？」

「あったら行方不明者リストに載せるはずがないでしょう？」

「そうかね？」

「ええ、もちろんよ」ティナはまっすぐ彼を見据えた。「万一彼女から連絡があったらわたしに知らせて」と、彼女は付け足した。

リープマンは顔をしかめて部屋から出て行った。


アンナは通りからはずれて、ぱっとしない簡易食堂の前庭に入り込んだ。ありがたいことに駐車場には車が二台しかなかったし、店内に入ると、カウンターに坐《すわ》っている客はわずか三人だけだった。カウンターに背を向けてボックス席に坐り、野球帽の庇《ひさし》を下げて、油で汚れた片面だけのプラスチックのメニューを眺めた。そしてトマト・スープとシェフのお薦めのグリルド・チキンを注文した。

十ドルと三十分後、ふたたび車に戻って出発した。食事のあとはコーヒーしか飲んでいないのに、間もなく睡魔が襲って来た。八時間あまりで三百十マイル走ってからひと休みして食事をした。そして今は瞼《まぶた》が閉じそうになるのを必死で止めなければならなかった。

お疲れ？　だったらひと休みしてはいかが？　ハイウェイ沿いの派手な看板が呼びかけていて、ふたたびあくびを誘った。前方に休息のために道路からそれる十二輪大型トラックが見えた。アンナはダッシュボードの時計に目を向けた——ちょうど十一時を回ったところだった。もう九時間近く走り続けていることになる。残りの行程をこなす前に二時間ばかり眠ることにした。あとはいつものように飛行機の中で眠ればよい。

アンナはトレイラー・トラックを追って休息所に入り、いちばん奥の隅まで行った。駐車中の大型車の後ろにヴァンを駐《と》めて跳び下り、すべてのドアがロックされているのを確かめてから、近くにほかに車がいないことにほっとしながら、ヴァンの後部に乗り込んだ。ラップトップのバッグを枕《まくら》がわりにして、できるだけ楽な姿勢を見つけようとした。それ以上は考えられないほど窮屈な姿勢しかとれなかったが、数分後には眠りに落ちた。

「ペトレスクのことがまだ気がかりです」と、リープマンが言った。

「なぜ死んだ女が心配なんだ?」と、フェンストンが訊いた。

「死んだと確信できないからです」

「あの修羅場をどうやって生きのびたと言うんだ?」フェンストンは窓越しに、世界貿易センターをいまだに覆《おお》い続けている黒い経帷子《きようかたびら》を眺めながら言った。

「われわれは生きのびましたよ」

「先にビルを出たからだ」

「彼女も外に出ていたかもしれません。あなたは十分以内に出て行けと命令したじゃないですか」

「バリーの考えは違う」

「そのバリーは生きていますよ」

「万一ペトレスクが脱出できたとしても、どのみちなにもできっこないさ」

「わたしより先にロンドンへ行けるかもしれませんよ」

「だが絵はヒースローで厳重に保管されている」

「しかしあなたが絵の所有者であることを証明する書類は、すべてノース・タワーの会長室の金庫に入っていたし、もしもペトレスクの説得が功を奏して――」

「だれを説得する？　ヴィクトリア・ウェントワースならもう死んでるぞ。それにペトレスクも行方不明で、死んだものと推定されていることを忘れるな」

「ですがそのほうがわれわれにとって好都合なように、彼女にとっても好都合かもしれませんよ」

「だったら不都合にしてやる必要がある」

九月十三日

18

ドスン、ドスンと繰り返された大きな音がアンナの深い眠りを破った。彼女は目をこすってフロントグラスの外を覗《のぞ》いた。ジーンズから太鼓腹をはみ出させた一人の男が、拳《こぶし》でヴァンのボンネットを殴りつけていた。もう一方の手にはビールの缶を持ち、口のまわりはビールの泡だらけだった。男に向かって叫び声を上げようとしたとき、一方で別のだれかがハッチバック・ドアをこじ開けようとしているのに気がついた。氷のように冷いシャワーを浴びるよりも早く、はっきり目が覚めた。

アンナは運転席へ這《は》って行って、急いでイグニッション・キイを回した。サイドミラーを覗いてぞっとした。もう一台の四十トン・トラックがヴァンの真後ろに駐《と》まっていて、車を出そうにも隙間《すきま》がほとんどなかったからである。掌《てのひら》を押しつけてクラクションを鳴らすと、ビール缶を持った男をかえって興奮させてしまったらしく、ボンネットによじ登って接近して来た。フロントグラスを通して、色目を使う男の顔が初めてはっきり見えた。寒気がし、吐気をもよおした。男は前かがみになって歯のない口を開け、フロントグラスをベロベロ舐《な》め始めた。一方、相棒は執念深くハッチバック・ドアをこじ開けようとしていた。やっとエンジンがかかった。

アンナは限度いっぱいまでハンドルを切ったが、二台のトラックに挟まれたスペースは極度に狭く、わずか数フィート進んだだけでバックしなければならなかった。彼女のヴァンにはパワー・ステアリングなどというおまけは付いていなかった。急にバックすると、後ろの男が怒声を発して跳びのいた。今度はギヤをファーストに入れてアクセルを踏み込んだ。前に急発進すると、太鼓腹の男がどすんと音を立ててボンネットから地面に滑り落ちた。今後こそ脱出に充分なスペースが得られるよう祈りながら、ギヤをリヴァースに入れた。ところが目いっぱいハンドルを切る前に、横を見ると二人目の男が助手席の窓からにらみつけていた。彼はいかつい両手で車のルーフを鷲《わし》づかみにして、ゆっくり前後に揺さぶり始めた。アクセル・ペダルを踏み込むと、ヴァンは男を引きずってゆっくり前に進んだが、それでも数インチの差で脱出に失敗した。三たびギヤをリヴァースに入れたが、一人目の男の両手がまたボンネットの前に現われ、続いて彼が立ち上がるのを見てぞっとした。男はよろけながら近づいて来て、フロントグラスに鼻を押しつけ、親指を下に向けた。それから相棒に向かって、

「今週はおれが先だ」と叫んだ。相棒は車を揺さぶるのをやめて、急に笑いだした。太鼓腹の男が自分のトラックのほうへふらふら歩いて行くのを見て、アンナは寒気に襲われた。ちらとサイドミラーを覗くと、相棒も自分のトラックに乗り込むところだった。

アンナは一瞬のうちに彼らの意図を見抜いた。男たちは彼女をつぎに食べるサンドイッチの具にしようとしていた。アクセルを目いっぱい踏み込んで、後ろのトラックがヘッドライトをフルライトにした瞬間、猛スピードで突っ込んだ。前のトラックのエンジンがかかり、ヴァンのフロントグラスにもくもくと黒煙を吐きかけると同時に、今度はギヤをファーストに戻した。ぐいとハンドルを切って、ふたたびアクセルを目いっぱい踏みこんだ。ヴァンは前のトラックがバックし始めた瞬間に前に跳び出した。トラックの頑丈な泥除《どろよ》けの端に激突して、ヴァンのバンパーに続いて右の泥除けが引きちぎられた。つぎに後ろからぶつかって来てリアバンパーを押しつぶしたトラックに、横に押し出されるのを感じた。小さなヴァンはほんの数インチの差で二台のトラックの間から脱出し、三百六十度フル回転して止まった。二台のトラックは小回りが利《き》かないので、アンナの目の前で激突した。

彼女はアクセルを踏んで駐車場を横切り、駐車中の数台のトラックを通り過ぎてハイウェイに出た。バックミラーを見続けるうちに、衝突した二台のトラックが離れるのが見えた。ハイウェイを走行する車の群と間一髪衝突を免れた彼女の車に、急ブレーキの音とけたたましいクラクションの不協和音が浴びせられた。うち何台かは衝突を避けるために二車線を斜行しなければならなかった。一台目のドライヴァーはしばらくクラクションを鳴らしっぱなしで、腹を立てていることは疑う余地がなかった。

アンナは追い越して行く車に片手を上げて謝りながら、どちらかのトラックが追いかけて来るのではないかと、サイドミラーに目を向け続けた。最高でどれくらいスピードが出るかを見きわめるために、アクセルを目いっぱい踏み込んでみた。六十八マイルが限度だった。

アンナはふたたびサイドミラーを覗いた。内側の車線から巨大な十八輪トラックが迫っていた。ハンドルにしがみついて思いっきりアクセルを踏んだが、それ以上のスピードは出なかった。トラックはじりじりと間隔をつめ、間もなくブルドーザーと化して襲いかかることは明白だった。アンナは左の掌でクラクションを押したが、ムクドリの群を驚かせて巣から飛び立たせることさえできそうにない、情ない音しか出なかった。路肩に大きなグリーンの標識が見えてきた。I‐90の分岐点まで一マイル。

アンナが中央車線に移ると、大型トラックも鉄粉を吸い寄せようとする磁石のように追いかけて来た。もうサイドミラーにドライヴァーの顔が見えるほど近かった。彼はまた歯のない口を開けてにやりと笑い、クラクションを鳴らした。それはワグナーの楽劇の最後の数小節さえかき消してしまいそうな音だった。

　出口まで半マイル、と新しい標識が告げていた。彼女が高速車線に移ったので、何台かの車がブレーキを踏んで減速しなければならなかった。クラクションを鳴らして抗議する車もあった。それを無視して五十マイルまで減速すると、抗議のクラクションはオーケストラと化した。

　十八輪トラックが横に並んだ。ヴァンがスピードを落とすと、相手もスピードを落とした。出口まで四分の一マイルの標識が見えてきた。遠くのほうに出口が見えた。ヴァンのライトがひとつも点《つ》いていなかったので、雲間から朝日の光がさし始めたことに感謝した。

　アンナはチャンスは一度しかないこと、タイミングは完璧《かんぺき》でなければならないことを知っていた。ハンドルを固く握りしめてI‐90の出口に達し、二つのハイウェイを隔てている三角形の草地を通過した。そしてとつぜんアクセルを踏み込んだ。ヴァンのスピードは急には上がらなかったが、それでも全力を振りしぼっていくらか加速した。これで充分だろうか？　トラックのドライヴァーもすぐに反応して、加速し始めた。ふたたび車一台分まで迫ったとき、アンナは急に右へハンドルを切って、中央と内側の車線を一気に横切り、路肩の草地に乗り上げた。ヴァンは平坦《へいたん》でない草地で激しく揺れながら、いちばん遠い出口車線に向かった。内側の車線を走っていた一台の車が衝突を避けるために路肩に逃げなければならず、もう一台の車は外側車線を猛スピードで追い抜いて行った。アンナはヴァンを内側車線に戻して安定させ、十八輪トラックがハイウェイを遠ざかって視界から消えるのを見送った。

スピードを五十マイルに落とした。もっとも心臓はまだその三倍のスピードで動悸《どうき》を打っていた。とにかく落ち着こうと努めた。あらゆる種類のアスリートと同じように、問題は回復のスピードだった。I－90に入りながらサイドミラーをちらと見た。二台目の十八輪トラックが追ってくるのに気が付いたとたんに、心搏数《しんぱくすう》が百五十に戻った。太鼓腹は相棒と同じミスを犯さなかった。

19

訪問者がロビーに入って来ると、サムはデスクから視線を上げた。ドアマンという職業は、一瞬にして人間を見分ける能力を必要とする。「おはようございます」の部類か、「ご用件は?」の部類か、あるいは単に「ハーイ」で済む部類かだ。サムはたった今入って来た背の高い中年男を観察した。仕立てはよいが肘《ひじ》のあたりがやや光っている着古したスーツを着て、ワイシャツの袖口《そでぐち》もわずかにほつれていた。ネクタイもおそらく千回は締めたものだ、とサムは見当をつけた。

「おはようございます」に決めた。

「おはよう」と、男は答えた。「わたしは移民局の者だ」

とたんにサムは警戒心を抱いた。彼自身はハーレム生まれだったが、間違って強制送還された人間の話を何度も聞いていたからである。

「ご用件は?」

「火曜日のテロリストの攻撃で行方不明になり、死亡と推定される人たちのことを調べている」

「特定の人ですか?」と、サムは用心深く尋ねた。

「そうだ」男はブリーフケースをカウンターに置いて、中から名簿を取り出した。指先でリストをなぞって、Pのところで止まった。「アンナ・ペトレスクだ。ここがわかっている最新の住所なんでね」

「火曜の朝アンナが出勤してからは会っていません」と、サムは答えた。「彼女の安否を尋ねに来た人が何人かいたし、あの日の夜、友達が一人やって来て彼女の荷物を持って行きましたがね」

「その友達はなにを持って行ったのかね？」

「わかりません。スーツケースは目に付きましたが」

「その女性の名前を知っているかね？」

「なぜその質問を？」

「連絡が取れれば助かるからだ。アンナの母親がとても心配しているんでね」

「いや、名前は知りません」サムは白状した。

「写真を見ればわかるかな？」

「たぶん」

男はふたたびブリーフケースを開けた。今度は一枚の写真を取り出してサムに手渡した。サムはしばらく眺めた。

「そう、この人です。美人でしたよ」サムは一拍おいて付け加えた。「アンナほどじゃないけどね。アンナは掛値なしの美人でしたから」

アンナはI‐90に入り込んで、制限速度が七十マイルであることに気がついた。できれば喜んで違反したかったが、いくら強くアクセルを踏んでも出せるのは六十八マイルまでだった。

二台目のトラックはまだかなり後ろにいたが、どんどん差を詰めていたし、しかも今度は出口戦術が使えなかった。彼女は道路標識が見えて来るのを待ち焦《こ》がれた。トラックがわずか五十ヤードの距離まで迫り、なおも刻々間隔を狭めつつあるときに、サイレンの音が聞こえた。

パトカーに停止を命じられるのはむしろ歓迎だったし、ハイウェイの二車線を横切って出口のランプに入り込んだ理由、それにもちろん前後のバンパーと片側の泥除《どろよ》けがなくなり、ライトが一個も点《つ》いていない理由を、説明しても信じてもらえないとしても、それはいっこうに構わなかった。パトカーがトラックを追い越して、ヴァンの後ろに回り込んだので、彼女は減速し始めた。警官は後ろを向いてトラックのドライヴァーに停止を命じた。アンナは右側のサイドミラーで、パトカーとトラックが路肩に停まるのを見た。

一時間以上経《た》って、やっと数分おきにサイドミラーを覗《のぞ》かなくても済むだけの余裕を取り戻した。

さらに一時間経つと空腹さえ覚えたので、路傍のカフェで朝食をとることにした。ヴァンを駐《と》めてぶらりと店内に入り、カウンターの奥の端に坐《すわ》った。メニューの隅から隅まで目を通してから、「ビッグ・ワン」——すなわちエッグ、ベーコン、ソーセージ、ハッシュ・ブラウン、パンケーキ、コーヒーのセットを注文した。ふだんの朝食のメニューとは違うが、それを言うなら過去四十八時間の出来事でふだんと同じことはあまり多くなかった。

アンナは食事をしながらルート・マップをチェックした。彼女を追って来た二人の酔っぱらいのおかげで、旅は予定通りに進んでいた。計算ではすでに三百八十マイル走っていたが、カナダ国境まではまだ少くとも五十マイルは残っていた。さらに詳しく地図を見た。つぎの町はナイアガラ・フォールズ、あと一時間も走れば到着するだろうと計算した。

カウンターの後ろのテレビが早朝のニュースを伝えていた。なおも生存者が発見される望みは消えかけていた。ニューヨークは死者の喪に服し、長く困難な後片付けの仕事に取り組み始めていた。大統領の出席する追悼式が、国家的記念日の一部としてワシントンDCで行われる予定だった。大統領はそのあとニューヨークへ飛んで、グラウンド・ゼロを訪問する。つぎに画面に登場したのはジュリアーニ市長だった。彼はNYPD（ニューヨーク市警）という文字を誇らしげにあしらったTシャツを着て、庇《ひさし》にNYFD（ニューヨーク市消防局）とプリントされた帽子をかぶっていた。市長はニューヨーク市民の勇気を称《たた》え、できるだけ早くニューヨークを立ちなおらせるという決意を述べた。

ニュース・カメラはJFKに切りかわり、空港スポークスマンが、翌日の朝、最初の商業便が通常の運航を再開することを確認した。その発表がアンナの時刻表を決定した。ヴィクトリアを説得するチャンスを逃がさないためには、リープマンがニューヨークを飛び立つ前にロンドンに到着しなければならないことを知っていた……アンナは窓の外に目を向けた。二台のトラックが駐車場に停まるところだった。彼女は凍りついた。二人のドライヴァーがそれぞれの運転台から下りて来るのを正視できなかった。彼らがカフェに入って来るのを見て非常口を探した。二人ともカウンターに坐ってウェイトレスに笑顔を見せたが、アンナには見向きもしなかった。人々が被害妄想で苦しむ理由が今にして理解できた。

アンナは時計を見た。午前七時五十五分。コーヒーを飲み干し、カウンターに六ドル置いて、店の奥の電話ボックスへ行き、212で始まる番号にかけた。

「おはようございます。わたしの名前はロバーツ捜査官です」

「おはよう、ロバーツ捜査官」ジャックは椅子《いす》の背にもたれて答えた。「なにか報告があるのか？」

「わたしは今ニューヨーク・カナダ国境間のどこかにある車の休憩所にいます」

「そこでなにをしているんだ、ロバーツ捜査官？」

「車のバンパーを手に持っています」

「はてな、そのバンパーは容疑者の運転する白いヴァンに付いていたものかね？」

「そうです」

「そのヴァンは今どこだ？」と、ジャックは立腹を悟られまいとして尋ねた。

「わかりません。容疑者がひと休みするために休憩所に入ったとき、白状すると、わたしも眠ってしまったんです。で、目が覚めたら容疑者のヴァンは、GPSが付いたままのバンパーを残して消えていました」

「だとすると彼女はすごく頭がいいか、あるいは事故に遭ったかだな」

「わたしもそう思います」相手は一瞬沈黙してからまた続けた。「わたしはどうしたらよいでしょうか?」

「CIAに転職しろ」と、ジャックは答えた。


「ハーイ、ヴィンセントよ、なにかニュースは?」

「あるわ。あなたの予想通り、ルース・パリッシュはヒースローの警備の厳重な保税倉庫に絵を保管しているわ」

「じゃわたしが引き取らなきゃ」と、アンナが言った。

「そんなに簡単に行くかしら」と、ティナが言った。「だってリープマンが絵を引き取りに明日の朝いちばんにJFKを出発するから、彼の到着まであと二十四時間しかないのよ。しかもほかにも問題があるわ」

「どんな?」

「リープマンはあなたが死んだとは信じていないのよ」

「そう考えた根拠は?」

「あなたのことを訊《き》きまわっているからよ。だから大いに用心して。ノース・タワーが倒壊したとき、フェンストンがどんな反応を示したか忘れないで。何人もの社員を失ったかもしれないのに、会長室のモネのことばかり気にしていた。その上ファン・ゴッホまで失ったら、あいつはなにをするかわからないわ。生きている人間より死んだ画家のほうが大事なんだから」

電話が切れたとき、アンナは額に玉の汗が浮かぶのを感じた。時計を見ると、三十二秒経っていた。

「JFKのわが社の〝コネ〟が、明朝七時二十分の離陸許可を確認しました」と、リープマンが報告した。「しかし、そのことをティナには知らせていません」

「なぜだ？」と、フェンストンが質問した。

「ペトレスクのアパートのドアマンが、ティナに似た女が火曜の夜にアパートから出て行くのを見たと話したからです」

「火曜の夜だと？　それじゃ――」

「しかも女はスーツケースを持ち出したそうです」

フェンストンは眉《まゆ》をひそめたが、なにも言わなかった。

釈した。


「なにか手を打ちますか？」

「たとえば？」

「まずはティナのアパートの電話の盗聴です。そうすればペトレスクから電話があったとき、彼女がどこにいてなにをしようとしているかがわかります」

フェンストンはなにも答えなかったが、リープマンは常にそれをイエスの意味に解釈した。


路肩の標識が、カナダ国境まで四マイル、と告げていた。アンナの頬がゆるんだ——がその微笑は、つぎの角を曲がって、目の届く限りどこまでも続く長い車の列の最後尾で停車したとき、たちまちにして消えた。

彼女は車から路上に出て、疲れた手足を伸ばした。満身創痍《そうい》の見る影もない車を眺めて顔をしかめた。ハッピー・ハイヤー・カンパニーにどう釈明すればよいのか？手持ちのキャッシュをこれ以上減らすわけにはいかなかったし、記憶違いでなければ、損害額の最初の五百ドルは借手の負担だった。ストレッチを続けながら、対向車線はがらがらなことにいやでも気づかされた。急いでアメリカ合衆国へ入ろうとする人間は一人もいないようだった。

それから二十分経ってもたった百ヤードしか進めず、ガソリン・スタンドの向い側で完全にストップした。彼女は一瞬のうちに決断した——これまた生まれたときからの習慣を破る行為だった。ヴァンの向きを変えて道路を横切り、スタンドに乗り入れて給油ポンプの前を通り過ぎると、立木の隣りに車を駐めた——その場所は高級洗車と書かれた大きな看板のすぐ後ろだった。ヴァンの後部から二つのバッグを下ろして、国境までの四マイルのトレッキングを開始した。

20

「気の毒としか言いようがない」アーノルド・シンプソンはデスクを挟んで坐《すわ》ったアラベラ・ウェントワースのほうを見ながら言った。「なんともいやな仕事だよ」と付け加えて、ティー・カップに角砂糖をもう一個落とした。シンプソンが身を乗り出して、お祈りでも捧《ささ》げようとするかのようにデスクに両手を置いたが、アラベラはなにも言わなかった。彼が依頼人に向かって柔和な笑みを浮かべ、自分の考えを述べようとしたとき、アラベラが膝《ひざ》の上に書類を拡《ひろ》げて言った。「わが家の事務弁護士のあなたなら、わたしの父とヴィクトリアが、なぜこれほどの巨額の負債を、しかもこんな短期間で背負い込んだのかを説明してくださるわね」

シンプソンは椅子《いす》の背にもたれて、半月形の眼鏡の縁越しに彼女を見下ろした。「あんたのお父上とわたしは」と、彼は話し始めた。「四十年以上もの間親友同士だった。われわれは、あんたも知っていると思うが、一緒にイートン校で学んだ仲だった」シンプソンは言葉を切って、ライト・ブルーのストライプが入ったダーク・ブルーのタイに手を触れた。卒業以来一日も欠かさず締め続けているかに思えるタイだった。

「父はいつも〝一緒に〟ではなく〝同じ時期に〟という言い方をしていました」と、アラベラが言い返した。「では、わたしの質問に答えてくださるわね」

「ちょうどその話をしようとしていたところだ」シンプソンは一瞬言うべき言葉を思いつかずに、デスクの上に散らばった書類の中から探しものをした。「ああ、あったぞ」と言って、「ロイズ・オブ・ロンドン」と書かれた書類を取り上げた。表紙をめくって眼鏡をかけなおした。「一九七一年にお父上がロイズの保険引受人になったとき、不動産を担保にしていくつかのシンジケートに加盟した。保険業界は何年間も莫《ばく》大《だい》な利益を計上し、お父上も多額の年収を得た」シンプソンは長い数字のリストに沿って指先を走らせた。

「でも、あなたはその当時無限責任ということの意味を父に指摘しなかったんでしょう？」

「正直に言って」と、シンプソンは質問を無視して続けた。「ほかの多くの人間と同じように、わたしも業績不振が前例のないほど何年も続くとは予想だにしなかった」

「それじゃ、ルーレットで儲《もう》けようとするギャンブラーと少しも違わなかったじゃないですか。なぜ損失を切り捨てて事業から手を引くよう父に助言しなかったんですか？」

「お父上は頑固な人でね」と、シンプソンは言った。「不況の何年かを乗り切ったのだから、あとは好況が戻って来るのを待つだけだと信じていたのだよ」

「でもそうはならなかった」と、アラベラはおびただしい数の書類の中の一通を見ながら言った。

「残念ながら」と、シンプソンは認めた。彼は椅子の上でさらに身を沈め、ほとんどデスクの陰に隠れてしまいそうだった。

「それで、ウェントワース家が永年かかって蓄えた株など、多額の金融資産はどうなってしまったんですか？」

「それらはお父上が当座預金口座をプラスにしておくために現金化しなければならない最初の資産だった。実のところ」と、事務弁護士は資料のページをめくりながら続けた。「お父上が亡《な》くなった時点で、銀行の当座貸越しは一千万ポンドを上回っていたのではないかと思う」

「でもその銀行はクーツではなかった。父は三年ほど前に、フェンストン・ファイナンスというニューヨークの小さな銀行に口座を移していたようですから」

「その通りだよ」と、シンプソンは言った。「実は、どんな事情でその銀行が入り込んで来たかは、わたしにとってもちょっとした謎《なぞ》で——」

「わたしに言わせれば謎でもなんでもないわ」アラベラは自分の書類の中から一通の手紙を選び出した。「彼らが恰好《かっこう》の標的として父に目を付けたことは明白です」

「しかしまだわからないのは、彼らがどうやってお父上の財政状況を知ったか——」

「そんなことはどの新聞の経済欄を読んでも一目瞭然《りょうぜん》ですわ。新聞はロイズが抱える問題を毎日のように報じていたし、父の名前はほかの数人の方と一緒に、不正なとは言わないまでも不運なシンジケートに参加した引受人として、ひんぱんに新聞に出ていたんですから」

「それはあんたの推測でしかない」シンプソンの声が大きくなった。

「あなたが当時そのことを考慮しなかったからと言って、だから推測だということにはなりませんわ。実を言うとわたしは、あなたの親友が、二百年以上もわが家のために尽してきたクーツと縁を切って、そんな詐欺師《さぎし》の集団と取引を開始することを、あなたが止めなかったことに驚いているんです」

シンプソンの顔が真赤になった。「あんたは結果論を振り回してものを言うという政治家の悪癖を身につけたようだな」

「いいえ、違います。亡くなったわたしの夫もロイズに参加するチャンスがありました。仲介者は農場を売れば必要な保証金を充分にまかなえると言ったのです。でもアンガスは即座に彼を追い返しました」

シンプソンは二の句が継げなかった。

「それから、あなたというりっぱな助言者がありながら、ヴィクトリアはいったいどうやって一年足らずで負債を二倍に膨らませることができたのか、うかがってもいいかしら？」

「それはわたしの責任ではない」と、シンプソンが嚙《か》みついた。「あんたの怒りを税務署に向けたまえ。彼らは常にとことん絞り取ろうとする」彼は「相続税」と書かれたファイルを探した。「これこれ、大蔵省は資産が直接配偶者によって相続される場合を除いて、相続財産の四十パーセントを税金として取り立てる。このことはきっとあんたも亡くなったご主人から説明してもらっていただろう。しかしながら、わたしは自分で言うのもなんだが、かなりの手腕を発揮して、一千百万ポンドで税査察官たちと話をつけた。レディ・ヴィクトリアも当時はその結果に満足してくれたようだったよ」

「姉は父と一緒でなければ家から出たこともなく、三十歳まで自分の銀行口座すら持たなかった世間知らずの未婚女性でした。それなのにあなたは、彼女にさらに大きな負債を負わせるに違いないフェンストン・ファイナンスとの新たな契約書にサインさせたんです」

「そうするか、あるいは不動産を売りに出すしか方法がなかった」

「いいえ、そんなことはないわ。わたしがクリスティーズの会長、ヒンドリップ卿《きょう》に電話を一本かけただけで、わが家のファン・ゴッホをオークションにかければ三千万ポンド以上の値が付くことを教えてもらえたんです」

「だがお父上はファン・ゴッホを売ることを絶対に承知しなかっただろう」

「あなたが二度目のローンを承認したとき、父は生きていませんでした」と、アラベラが反論した。「あなたはあの取引に関して、姉に忠告すべきだったのです」

「最初の契約の条件があるからやむを得なかったのだよ」

「あなたはその契約に立ち会っていながら、明らかに契約書を読まなかった。なぜなら姉が融資に対して十六パーセントの複利を支払い続けることに同意しただけでなく、彼女にファン・ゴッホを担保として差し出すことまでさせたからです」

「しかしまだ遅くはない、あんたはあの絵を売ることを彼らに要求できる。それで問題は解決だ」

「それも間違っていますわ、ミスター・シンプソン」アラベラは指摘した。「あなたが最初の契約書の一ページ目より先まで読んでいたとしたら、なんらかの紛争が生じた場合、決定はニューヨークの裁判所の管轄《かんかつ》に委《ゆだ》ねられると明記されているのに気がついたはずです。そうなるとブライス・フェンストンの土俵で相撲をとっても、わたしにはとうてい勝目はありません」

「だいたいあんたにはその資格もない」と、シンプソンが反論した。「なぜかと言うと、わたしは――」

「わたしは最近親者なのよ」

「だがヴィクトリアがだれに財産を遺《のこ》すつもりだったかを示す遺言はない」と、シンプソンが声を張り上げた。

「それもあなたが持ち前の先見の明と手腕を発揮して果した職務のひとつというわけね」

「姉上とわたしは当時話合いの最中だった――」

「もういささか手遅れだわ。わたしは今、あなたのおかげで法を味方につけた破廉恥《はれんち》な男との闘いに直面しているのよ」

「わたしは自信がある」シンプソンは最後の祝福を与える準備ができたとでも言うように、ふたたびお祈りをするような姿勢でデスクの上に両手を置いた。「この問題を解決《ラップ・アップ》する自信が――」

「あなたになにがまとめられるか《ラップ・アップ》教えてあげるわ」アラベラは席を立ちながら言った。「ウェントワース家の財産に関するすべての資料をまとめて、ウェントワース・ホールへ郵送してください」彼女は事務弁護士を見下ろした。「それからあなたの貴重な助言――」そこで時計を見た――「一時間分の最後の請求書の同封もお忘れなく」

21

アンナはスーツケースを引っ張り、ラップトップを右肩にかけて、道路の真中を歩いて行った。一歩進むごとに、停まっている車の中に坐《すわ》って、自分たちを追い越して行く奇妙な人間を眺める人々の視線を、ますます強く意識した。

最初の一マイルに十五分かかり、路肩の草むらでピクニックをしていた家族がワインのグラスを勧めてくれた。つぎの一マイルには十八分かかったが、国境の検問所はまだ見えて来なかった。さらに二十分歩いてようやく国境まで一マイルの標識を通過し、そこから歩くスピードを上げた。

最後の一マイルで、体力を消耗する長距離のランニングでどの部分の筋肉が痛むかを思い出した。やがてゴールラインが見えて来ると、アドレナリンの分泌《ぶんぴつ》でさらにスピードが上がった。

バリケードの百ヤードほど手前で、人々にじろじろ見られて、割り込みをしているような気分にさせられた。目をそむけて少しゆっくり歩き始めた。車がエンジンを切って待たされる白線のところで足を止め、一歩脇《わき》に寄った。

その日は木曜の朝にしては異常に長い列を捌《さば》くために、二人の税関吏が勤務についていた。彼らは小さな検問ボックスの中に坐って、ふだんよりはるかに勤勉に書類をチェックしていた。アンナは相手の同情を期待して、若いほうの男とアイ・コンタクトを取ろうとしたが、過去二十四時間の強行軍のあとでは、ノース・タワーから命からがら脱出したときと大して変わりばえしないひどい顔をしていることに、鏡を見るまでもなく気がついた。

やがて、若いほうの男が手招きした。彼は旅行に必要な書類をチェックして、怪訝《けげん》そうに彼女の顔を見た。これだけの荷物を持って、いったいどこから歩いて来たのか？　パスポートを注意深くチェックした。なにも問題はないようだった。

「カナダ訪問の目的はなんですか？」

「マギル大学の美術セミナーへの出席です。ラファエル前派に関するわたしの博士論文の一部なんです」と、彼女は相手の顔を直視しながら答えた。

「とくにどの画家の研究を？」と、役人はさりげなく質問した。

ただの知ったかぶりか愛好家のどっちかだ。アンナは調子を合わせることにした。

「ロセッティ、ホルマン・ハント、それにモリスといったところです」

「もう一人のハントはどうですか？」

「アルフレッドですか？　正真正銘のラファエル前派とは言えないけど、でも――」

「でもすぐれた画家であることに変わりはない」

「同感だわ」

「セミナーの講師はだれです？」

「えーと、ヴァーン・スワンソンです」アンナはこの分野では最もすぐれた専門家の名前を、男が知らないことを祈りながら答えた。

「それはよかった。彼と会うチャンスがあるかもしれません」

「それはどういう意味かしら？」

「つまり、彼がいまもイエール大学の美術史の教授だとしたら、ニュー・ヘイヴンからやって来ることになるけど、合衆国で発着する飛行機がないので、カナダ国境を越えるためにはかならずここを通るはずなんです」

アンナはとっさにどう答えてよいかわからなかったので、行列が遅々として進まないことを、大声で夫にこぼし始めた後ろの女性に救われたことに感謝した。

「ぼくもマギルの出身なんです」若い役人は微笑を浮かべながら言い、パスポートを返してよこした。アンナは赤面で嘘《うそ》がばれてしまったのではないかと恐れた。「ニューヨークで起きたことはお気の毒でした」と、彼が付け加えた。

「どうもありがとう」とアンナは答え、歩いて国境を越えた。カナダへようこそ。


「どなた？」と、特徴のない声が質問した。

「十階で電気系統の故障が起きたそうです」と、正面ドアの外に立っていた男が答えた。グリーンのオーヴァーオールを着て、ニューヨーク・ヤンキースの野球帽をかぶり、工具箱を持っていた。男は目をつむって防犯カメラに笑みを向けた。ブザーが鳴ると、ドアを押して、それ以上質問されもせずに中に入り込んだ。

彼はエレベーターの前を通過して階段を昇り始めた。そのほうが人に顔を覚えられる危険が少なかった。十階に達したところで立ち止まって、廊下の左右にすばやく視線を走らせた。人影はなかった。午後三時三十分はいつも閑散とした時間帯だった。理由はわからないが、要するに経験からそのことを知っていた。目ざす部屋の前に立ってブザーを押した。応答はなかった。もとより部屋の住人は少くともあと二時間は勤務先にいると保証されていた。男はバッグを床に置いて、ドアの二重ロックを調べた。フォート・ノックスとは較《くら》べものにならなかった。今から手術を始めようとする外科医のような正確さで、バッグを開けて数種類の精密な工具を取り出した。

二分四十秒後、男は部屋の中にいた。すぐに三つの電話の場所を突きとめた。ひとつは居間のデスクの上、ウォーホル作のマリリン・モンローのプリントの下にあった。二つ目はベッドの横、一枚の写真の隣りにあった。侵入者は写真の中央にいる女性をちらと見た。彼女の両脇の男性はよく似た顔だちで、父親と兄弟に違いなかった。

三つ目の電話はキッチンにあった。男は冷蔵庫のドアを見てにやりとした。この部屋の住人も彼と同じくフォーティ・ナイナーズのファンだった。

男は六分九秒後に廊下に出た。ふたたび階段を通って正面ドアから外へ出た。

仕事は十分足らずで終了した。報酬は千ドル。その点でも外科医と似ていなくもなかった。

アンナはナイアガラ・フォールズ発三時のグレイハウンド・バスに最後に乗り込んだ何人かの一人だった。

二時間後、バスはオンタリオ湖の西岸で停車した。アンナは最初にステップから下り、立ち止まってトロントのスカイラインを支配するミース・ファン・デア・ローエ設計のビルディングを鑑賞することもなく、最初に通りかかったタクシーを呼び止めた。

「空港へ行って。できるだけ急いでね」

「ターミナルは?」と、運転手が訊《き》いた。アンナはためらった。「ヨーロッパ路線よ」

「じゃ、ターミナル3だ」運転手は車を発進させて、質問を付け足した。「お客さんはどちらから?」

「ボストンよ」アンナは答えた。ニューヨークの話はしたくなかった。

「ニューヨークで起きた事件、あれはまったく恐ろしかった。だれもがそのとき自分がどこにいたかを後々まで覚えている歴史の一瞬というやつだ。おれはタクシーを運転していて、ラジオで聞いたよ。お客さんは?」

「わたしはノース・タワーにいたわ」と、アンナが言った。

運転手は調子のよい口を利《き》く人間を相手にしない主義だった。

ベイ・ストリートからレスター・B・ピアスン国際空港までの十マイルは、車で二十五分少々だった。その間運転手はもう一言も発しなかった。やがてターミナルの入口でタクシーが停まると、アンナは料金を払って急ぎ足で空港内に入った。出発便案内板を見上げたとき、ディジタル時計が五時二十八分に変わった。

ヒースロー行の最終便のゲートが閉まった直後だった。アンナは思わず悪態をついた。その夜まだ出発していないフライトの行先の都市名を目で追った。テル・アヴィヴ、バンコク、香港《ホンコン》、シドニー、アムステルダム。アムステルダム。お誂《あつら》え向きだわ、と彼女は思った。ＫＬ六九二便は十八時〇〇分、ゲートＣ31からの出発で、すでに搭乗中だった。

アンナはＫＬＭのカウンターへ走って、係員が顔も上げないうちに話しかけていた。

「まだアムステルダム便に乗れますか？」

男はチケットを数えるのを中断した。「ええ、でももうすぐゲートが閉まりますから急いでください」

「窓際《まどぎわ》の席の空きはありますか？」

「窓際、真中、通路側、お好きな席をどうぞ」

「なぜなの？」

「今日は飛行機に乗りたい人が多くないようなんですよ。十三日だからというだけじゃなしに」

「JFKは明朝七時二十分のわれわれの離陸枠を再確認《リコンファーム》しました」と、リープマンが言った。

「よろしい」と、フェンストンが言った。

「飛行機が離陸すると同時に電話をくれ。ヒースロー到着は何時かね？」

「現地の七時ごろです。アート・ロケーションズが絵を積み込むために滑走路で待機しているはずです。通常の三倍の料金が連中をやる気にさせたようです」

「で、こっちにはいつ戻る？」

「翌日の朝食に間に合うように戻りますよ」

「ペトレスクに関してなにかニュースは？」

「いいえ」リープマンは答えた。「ティナに電話が一本かかって来ただけ、それも男からです」

「つまり――」

そのときティナが部屋に入って来た。


「彼女はアムステルダムに向かいました」と、ジョーが報告した。

「アムステルダム？」ジャックは指先でデスクをこつこつ叩《たた》きながら問い返した。

「ええ、ヒースロー行の最終便に乗りそこねたんです」

「それじゃ明日の朝の最初の便でロンドンへ飛ぶな」

「すでにヒースローへ捜査官を一人行かせました。ほかの空港にも行かせますか？」

「ああ、ガトウィックとスタンステッドにも頼む」

「あなたの予想通りなら、彼女はカール・リープマンより数時間前にロンドンに着くでしょう」

「それはどういうことだ？」と、ジャックが訊いた。

「フェンストンの自家用ジェットは、明朝七時二十分のJFKからの離陸枠を与えられていて、乗るのはリープマン一人だけです」

「とすると、おそらく二人は向うで合流するんだろう。ロンドンのアメリカ大使館のクラサンティ捜査官に電話して、三つの空港の張込みを増員させてくれ。あの二人がなにをしようとしているかを正確に知りたい」

「ロンドンはわれわれの縄張り外ですよ」ジョーが指摘した。「CIAは言わずもがな、もしもイギリス側に知られたら——」

「三つの空港すべてにだ」ジャックは電話を切る前に念を押した。

アンナが機内に入った直後にドアが閉まった。座席へ案内され、もうすぐ離陸しますからシートベルトを締めてくださいと告げられた。アンナは同じ列のほかのシートが空席なのを知って喜び、シートベルト着用のサインが消えると同時に、肘掛《ひじか》けを上げて横になると、二枚の毛布を体にかけて枕《まくら》に頭を横たえた。そして飛行機が巡航高度に達する前に早くもうつらうつらし始めた。

だれかがそっと肩に触れていた。アンナは小さく舌打ちした。機内食を断るのを忘れていたことに気がついた。スチュワーデスを見上げて、睡《ねむ》そうに目《ま》ばたきをした。

「食事は要らないわ」ときっぱり断わって、ふたたび目をつむった。

「済みませんが起きてシートベルトをお締めください」スチュワーデスは丁重に言った。「約二十分後に着陸の予定です。時計を合わせるのでしたら、アムステルダムの現地時間は午前六時五十五分です」

九月十四日

22

リープマンはリムジンが迎えに来るよりずっと前に目を覚ました。今日だけは絶対に寝過ごすわけにいかなかった。

ベッドから出てまっすぐバスルームへ向かった。どれほど丹念にひげを剃《そ》っても、就寝時にはとっくに顎《あご》に無精ひげが伸びていることがわかっていた。長い週末には顎ひげさえたくわえることができた。シャワーを浴びてひげを剃り終わると、わざわざ朝食を作るのはやめた。あとで銀行の自家用ジェットに乗れば、会社のスチュワーデスがコーヒーとクロワッサンを出してくれるからである。このぱっとしない界隈《かいわい》のこんなぼろアパートに住む人間は、あと二時間もすればリープマンがロンドンへ向かうガルフストリームVを独占していると聞いても、おそらくだれ一人信じないだろう。

彼は半分がら空きのクローゼットへ行って、いちばん最近買ったスーツと、お気に入りのワイシャツと、初めて締めるネクタイを選び出した。パイロットのほうが自分よりスマートに見えるのは我慢がならなかった。

リープマンは窓際《まどぎわ》に立ってリムジンの到着を待ちながら、この狭いアパートの部屋は、かつて四年間過ごした刑務所の独房と較《くら》べても大して変りばえしないことに気がついた。四十三番ストリートを見下ろしていると、やがておよそ場違いなリムジンが正面ドアの前に停まった。

リープマンはドアを開けた運転手に一言もかけずに後部座席に乗り込んだ。そしてフェンストンと同じように肘《ひじ》掛《か》けのボタンを押すと、スモーク・グレイのガラスの仕切りがするすると持ち上がり、運転手から彼を隔離した。これから二十四時間、彼は別世界に住むことになる。

四十五分後、リムジンはヴァン・ウィック・エクスプレスウェイからそれてJFK出口に向かった。運転手はほとんどの乗客が知らない入口をさっと通り抜けて、自家用機で飛ぶ特権階級の人間だけが使用する小さなターミナル・ビルの前で停まった。リープマンは車から下りて、プライヴェート・ラウンジへ案内された。会社所有のガルフストリームVジェットの機長が待っていた。

「予定より早く出発できる可能性は？」と、リープマンは快適な革張りの椅子《いす》に身を沈めながら質問した。

「ないですね」と、機長が答えた。「四十五秒間隔で離陸するほど混んでいて、われわれの離陸枠は七時二十分と確認されています」

リープマンは不満そうな呟《つぶや》きを発して、朝刊に目を向けた。《ニューヨーク・タイムズ》のトップは、ブッシュ大統領がオサマ・ビン・ラディンの逮捕に五百万ドルの懸賞金を支払うというニュースで、それはリープマンに言わせれば過去百年間の、法と秩序へのテキサス流の取組みとなんら変りはなかった。《ウォール・ストリート・ジャーナル》によればフェンストン・ファイナンスの株はまた十二セント下がっていたが、これは世界貿易センターに本社を置く数社に共通する運命だった。彼がファン・ゴッホを確保すれば、会社は株安の期間を乗り切るだろうし、その間に彼は決算書の最終行をプラスに転じることに専念できる。リープマンの思考はキャビン・クルーの声で中断された。

「いつでも搭乗できます。約十五分後に離陸します」

別の車がリープマンを飛行機のタラップまで運んで行き、機はオレンジ・ジュースを飲み終わらないうちに滑走し始めたが、それでも三万フィートの巡航高度に達して、ベルト着用のサインが消えるまで肩の力を抜かなかった。彼は身を乗り出して電話機を取り、フェンストンの直通番号にかけた。

「もうロンドンへ向かっています。明日のこの時間までに――」彼はちょっと間をおいて続けた――「かならずオランダ人を隣りに坐《すわ》らせて戻って来られると思います」

「到着しだい電話をくれ」と、会長は命じた。

ティナは会長の直通電話の内線スイッチを切った。

最近リープマンはますますひんぱんに彼女の部屋に――いつもノックなしで――顔を出すようになっていた。アンナがまだ生きていて、彼女と連絡を取り合っていると信じていることを彼は隠そうともしなかった。

会長のジェット機はその朝予定の時間にJFKから飛び立ち、ティナは彼とリープマンの電話を盗み聞いていた。アンナはリープマンよりわずか数時間先行しているだけだった。それも彼女がすでにロンドンに到着しているものとしての話だった。

ティナは翌日リープマンがニューヨークに戻って、あの胸くその悪い笑《え》みを浮かべながら、ファン・ゴッホを会長に手渡す光景を想像した。ティナはそれまでにも契約書類を自宅のアドレスにeメールで送っていたように、最新の契約書をダウンロードし続けた――ただしそれをするのはリープマンが会社を留守にし、フェンストンが仕事にかかりっきりのときだけだった。

◎

その朝のロンドン・ガトウィック空港行で、席が取れた最初の便は、スキポール空港を十時に出発する予定だった。アンナはブリティッシュ・エアウェイズでチケットを買うときに、到着便がまだ着陸していないので、二十分程度の遅れが出ると告げられた。その時間を利用してシャワーを浴び、着替えをした。スキポール空港は機内泊の旅行者の扱いに馴《な》れていた。アンナはヴィクトリアと会うときにそなえて、数少い衣類の中から最も地味なものを選んだ。

カフェ・ネロで坐ってコーヒーを飲みながら、《ヘラルド・トリビューン》のページをめくった。〝五百万ドルの懸賞金〟という二ページ目の見出しが目についた——ファン・ゴッホの絵ならどこのオークション・ハウスでもそれより高値がつくだろう。アンナはその記事を読むことで貴重な時間を無駄にはしなかった。ヴィクトリアと会ったらなにを優先するかを考えておく必要があったからである。

まずファン・ゴッホがどこにあるかを知る必要があった。ルース・パリッシュが保管しているのなら、ルースに電話をかけて、ただちに絵をウェントワース・ホールに返してもらうよう、ヴィクトリアに進言する。そして、フェンストン・ファイナンスにはヴィクトリアの意に反して絵を保持し続ける権利はない――存在する唯一《ゆいいつ》の契約書が失われたとしたらなおさらだ――ことを、なんならわたしからルースに通告しましょうかと提案する。おそらくヴィクトリアは契約書を破棄することには同意しないだろうけれども、万一同意したら、そのときは東京のミスター・ナカムラに接触して探りを入れてみる――「BA八一二便、ロンドン・ガトウィック行は、ゲートD14から搭乗を開始します」というアナウンスがスピーカーを通して響きわたった。

イギリス海峡の上空で、アンナは自分のプランを再三にわたって検討しなおし、論理的な欠点があれば見つけ出そうとしたが、そんなプランは常識はずれだと考えそうな人は二人しか思い浮かばなかった。飛行機は三十五分遅れでガトウィック空港に到着した。

アンナはイギリスの土を踏むと同時に時計を見て、リープマンがヒースローに到着するまであと九時間しかないことを知った。入国審査を通過して荷物を引き取ると、レンタカーを借りに行った。ハッピー・ハイヤー・カンパニーのカウンターは敬遠して、エイヴィスの列に並んだ。

アンナは免税店の中で携帯電話をかけている垢抜《あかぬ》けた服装の若い男に気がつかなか

った。「彼女が到着しました。尾行を開始します」

リープマンはゆったりした革張りの椅子に身を沈めた。それは四十三番ストリートの彼のアパートにあるどの椅子よりも坐り心地がよかった。スチュワーデスが銀のトレイに載せた金縁の陶器のカップにブラック・コーヒーを注いだ。彼は椅子の背にもたれてこれから取組む任務について考えた。自分が鞄《かばん》を持たされた運び屋に過ぎないことは自覚していた。たとえ今日の鞄には世界中で最も貴重な絵画の一点が入っているとしても。彼はいまだかつて自分を同等の人間として扱ったことがないフェンストンを軽蔑《けいべつ》していた。もしもフェンストンが会社の繁栄はきみのおかげだと、ただの一度でも認めて、給料で雇われた従僕ではなく、尊敬に価《あたい》する同僚として、彼のアイディアに耳をかしてくれていたら――とは言ってもそれほど高給をもらっているわけではなかった。たまにありがとうの一言をかけてくれさえしたら――それでもう充分だった。確かにフェンストンはどぶから彼を引き上げてくれたが、それは別のどぶに突き落とすためでしかなかった。

彼はフェンストンの下で十年間働き、ブカレストからやって来たこの野暮ったい移民が、富とステータスの梯子《はしご》を昇るのを見守ってきた――縁の下の力持ちとしてその梯子をしっかり押えてきたのが彼だった。しかしその関係は一夜にして変わるかもしれない。たった一度の過《あやま》ちで、彼らの役割が逆転するのだ。フェンストンは刑務所にぶち込まれ、彼は絶対に足がつく惧《おそ》れのない大金を手に入れるのだ。

「コーヒーのおかわりはいかがですか、ミスター・リープマン？」と、スチュワーデスが尋ねた。

◎

アンナがウェントワース・ホールへ行くのに地図は必要なかった。もっとも途中の道路にある無数のラウンドアバウトを通過するときに、方角を間違えないように注意しなければならなかったが。

四十分後、車はウェントワース・ホールのゲートを通り抜けた。アンナはウェントワース・ホールに滞在するまで、十七世紀末から十八世紀初頭のイングランド貴族の邸宅の主流だったバロック建築に関して、なんら特別な知識を持っていなかった。この大建築《パイル》は――ヴィクトリアは自宅をそう呼んでいた――一六九七年にサー・ジョン・ヴァンブルーによって建てられた。それは彼が依頼されて建てた最初の建物であり、やがてカースル・ハワードに続いて、もう一人の成功した軍人のためにブレニム・パレスを建てたことで、ヨーロッパで最も人気のある建築家となった。館《やかた》に通じる長い車道には、建物と同じ年数を経た美しいオークの並木が影を落としていた。もっとも木々が一九八七年の暴風雨に屈服したところには間隙《かんげき》ができていたが。アンナは無数の真鯉《まごい》――日本からの渡来種――が泳ぐ凝った造りの湖の岸に沿って車を走らせ、二面のテニス・コートと、初秋の落葉が散り敷いたクローケ・ローンを通り過ぎた。角を曲がると、イングランドの何千エーカーもの緑地に囲まれた巨大な館が、地平線上に聳《そび》え立つようにして前方に見えてきた。

かつてアンナはヴィクトリアの口から、この館には六十七の部屋があって、うち十四室が来客用の寝室だと聞いたことがあった。彼女が泊った二階の寝室、ファン・ゴッホの絵が飾ってある部屋は、ニューヨークの彼女のアパート全体とほぼ同じ広さだった。

館に近づいたとき、東塔に掲げられた頂飾《クレステッド》りつきの伯爵《はくしやく》家の旗が半旗になっていることに気がついた。車を停めながら、ヴィクトリアの数多い年老いた親戚《しんせき》のだれかが亡《な》くなったのだろうと思った。

アンナが階段を昇りきらないうちに重厚なオーク材の扉が開いた。彼女はヴィクトリアが家にいてくれることを、そして自分がイギリスにいることがまだフェンストンに知られていないことを祈った。

「おはようございます」と、執事が格式張った口調で言った。「どんなご用件でしょうか？」

わたしよ、アンドルーズ、とアンナは言いたかった。執事の他人行儀な物言いが意外だった。前に泊ったときはあんなに親しげだったのに。彼女も形式張った口調で来意を告げた。「至急レディ・ヴィクトリアとお話する必要があるのです」

「まことに残念ですが、それは無理でございます。ですが奥様のご意向を……」

それは無理でございます。ですが奥様のご意向を……これはいったいどういうことなの？

アンナはホールで待つ間に、ゲインズボロ作のウェントワース伯爵夫人キャサリンの肖像をちらと見上げた。この館にある絵は一点残らず覚えていたが、視線は階段の上のお気に入りの絵、ロムニー作の『ポーシャに扮《ふん》したシドンズ夫人』に向かった。次に振り返って午前の間の入口と相対し、――サー・ハリー・ウェントワースお気に入りの馬を描いたスタッブズ作の『ダービー優勝馬アクタイオン』――まだ伯爵のパドックで無事に生きのびている――を見上げた。ヴィクトリアがわたしの助言に耳をかしてくれさえすれば、少なくともコレクションの残りの絵を救うことができる。

執事が先ほどと同じ落ちついた足どりで戻ってきた。

「奥様がお目にかかります。どうぞ客間へお入りください」執事は軽く一礼し、彼女を案内してホールを横切った。

アンナは自分のプランに注意を集中しようとしたが、その前に約束の時間に四十八時間も遅れた理由を説明しなければならなかった。もっともヴィクトリアは火曜日の恐ろしい事件のニュースを見ているに違いなく、アンナが生き残ったことを知ったら驚くかもしれなかった。

アンナが客間に入って行くと、ヴィクトリアが黒い喪服を着てソファでうなだれ、その足もとではチョコレート色のラブラドール犬が居《い》睡《ねむ》りしていた。ヴィクトリアが犬を飼っていたのは記憶になかったし、彼女がさっと立ち上がっていつものように温かく迎えてくれないのが意外だった。ヴィクトリアが顔を上げたのを見て、はっと息を呑《の》んだ。冷やかな目で彼女をみつめたのは、双生児の妹のほうだったからである。頂飾りが半旗になっていた理由を一瞬のうちに理解した。アンナは沈黙したまま、もう二度とヴィクトリアと会えないという現実、今日初めて会う彼女の妹を説得しなければならないという現実を受け入れるべく努めた。目の前の相手の名前さえ思い出せなかった。姉と瓜《うり》二つの妹は椅子から腰を上げず、握手もしなかった。

「ティーはいかが、ペトレスク博士?」アラベラは〝いいえ、結構です〟という返事を期待しているかのようなよそよそしい口調で尋ねた。

「いいえ、結構です」アンナは立ったままで答えた。「ヴィクトリアがどうして亡くなったのか、お尋《たず》ねしてもいいですか?」と、静かな声で訊《き》いた。

「ご存知かと思いましたよ」アラベラは皮肉たっぷりに答えた。

「おっしゃる意味がわかりませんわ」

「ではなぜここにいらしたんです?」と、アラベラが訊いた。「わが家の財産を洗いざらい奪い取るためでないとしたら」

「わたしが伺ったのは、彼らにファン・ゴッホを引き渡さないようヴィクトリアに警告するためです。わたしはその前に——」

「あの絵は火曜日にここから運び出されました。せめてお葬式が済むまで待つ配慮さえなしに」

「ヴィクトリアに電話しようとしたけど、番号を教えてもらえなかったんです。電話が通じてさえいたら」アンナはとりとめもなく呟《つぶや》き、やがて付け加えた。「でも、もう遅すぎるわ」

「なにが遅すぎるのかしら?」と、アラベラが訊いた。

「実はヴィクトリアにわたしの報告書を送って、ある提案を――」

「ええ、その報告書は読みました。でもあなたのおっしゃる通り、それにはもう遅すぎます。すでにわたしの新しい弁護士からは、相続税を支払うのに何年もかかるだろうし、払い終わるころには無一文になっているだろうと警告されました」

「わたしがイギリスへやって来て、直接ヴィクトリアと会うことをフェンストンが望まなかった理由は、きっとそれですわ」と、アンナは説明抜きで言った。

「どういうことかしら?」と、アラベラはアンナをより注意深く観察しながら言った。

「わたしは火曜日に彼に解雇されたんです。ヴィクトリアに報告書を送ったために」

「ヴィクトリアはあなたの報告書を読みました」と、アラベラは低い声で言った。

「彼女があなたの助言に従うつもりだったことを示す手紙がわたしの手もとにあります。でもそのあと彼女はむごたらしい最期《さいご》を遂げました」

「どんなふうにお亡くなりになったんですか?」

「殺されたんです、悪辣《あくらつ》で卑劣なやり方で」アラベラは言葉を切ってアンナを直視してから、付け加えた。「詳しいことはたぶんミスター・フェンストンが話してくれるでしょう」アンナは言うべき言葉を知らずにうなだれた。彼女のプランは全滅だった。

フェンストンは彼女たち二人をまんまと出し抜いたのだ。「ヴィクトリアはとても信じやすく、世間知らずでした」と、アラベラが続けた。「でもわたしの愛すべき姉のような善良な人間はもちろん、どんな人間だってあんなひどい仕打ちを受けるいわれはないはずです」

「お気の毒です。でもわたしは知らなかったんです。信じてください、ほんとうに知らなかったんです」

アラベラは窓越しに芝生を眺めながら、しばらく無言だった。やがてぶるぶる震えているアンナを振り返った。

「あなたを信じます」と、アラベラは言った。「最初はこの悪意に満ちた芝居の筋書を書いたのはあなただと思っていました」そこでふたたび間をおいた。「でも今は自分が間違っていたことに気が付きました。だけど、悲しいことに、もうすべてが手遅れなのです。もはやわたしたちにできることはなにもありません」

「そうでしょうか」アンナは断固たる決意を感じさせる目でアラベラを見ながら言った。「もっともわたしがなにか手を打つとしたら、ヴィクトリアがわたしを信頼してくれたように、あなたにも信頼していただかなくてはなりませんけど」

「あなたを信頼するって、どういう意味ですの？」

「わたしにチャンスをください。お姉様の死がわたしの責任ではないことを証明するチャンスを」

「でも、どうやって証明するつもりですの？」

「あなたのファン・ゴッホを取り戻すのです」

「だけど、さっきも言ったように、あの絵はすでにここから持ち出されてしまったんですよ」

「わかっています。ですがフェンストンが絵を引き取らせるためにリープマンをロンドンまでよこしたからには、それはまだイギリスにあるはずです」アンナは腕の時計を見た。「彼はあと数時間でヒースローに到着します」

「だけど、万一あなたが絵を取り戻せたとしても、それで問題が解決するかしら？」

アンナは自分の計画を詳しく説明し、アラベラがときおり頷《うなず》くのを見てほっとした。最後に彼女は言った。「それにはあなたのバックアップが必要なんです。さもないと、この計画のせいでわたしは刑務所に入ることになりかねません」

アラベラはしばらく無言だったが、やがて言った。「あなたは勇敢な女性だわ。どれほど勇敢か、ご自分でもわかっていないかもしれないけど。ただ、あなたがそれほどの危険を冒すつもりなら、わたしにもその覚悟があるわ。とことん《トゥ・ザ・ヒルト》あなたをバックアップします」

アンナはこのイギリス風の言いまわしを聞いて微笑を浮かべた。「ファン・ゴッホを運び出したのはだれだかわかりますか？」

アラベラはソファから腰を上げて、ライティング・デスクに近づいた。犬も立ち上がって後を追った。彼女は一枚の名刺を手に取った。

「ミズ・ルース・パリッシュという女性です、アート・ロケーションズ社の」

「やっぱり」と、アンナが言った。「だったらわたしはすぐに失礼しなくては。リープマンの到着まで数時間しかないものですから」

アンナが前に進んで片手を差し出したが、アラベラは握手に応じなかった。その代わりアンナを両腕に抱きしめて言った。「姉の仇討《かたきう》ちのためにわたしに手助けできることがあったら、どんなことでも……」

「どんなことでも？」

「ええ、なんだってするわ」

「ノース・タワーが倒壊したとき、ヴィクトリアへの融資関連の書類はすべて焼失しました」と、アンナが言った。「契約書の原本も含めてです。その唯一《ゆいいつ》のコピーはあなたの手もとにあります。もしも――」

「その先をおっしゃる必要はありません」

アンナは笑みを浮かべた。今相手にしているのは、世間知らずのヴィクトリアではなかった。

アンナはアラベラに別れを告げて、執事が玄関のドアを開ける間もなくホールに達していた。

アラベラは客間の窓から、アンナの車が車道を遠ざかって視界から消えるまで見送っていた。ふたたびアンナと会う機会はあるのだろうかと思いながら。

23

「ペトレスクが」と、その声が言った。「今ウェントワース・ホールを出ました。ロンドンの中心部へ向かっています。尾行を続けて、また報告します」

アンナはウェントワース・ホールを出て、M25環状道路の方角へ戻りながら、ヒースローの標識を探した。もう午後二時近く、ティナはウォール・ストリートのオフィスにいる時間だから、電話をかけるには遅過ぎた。しかし彼女の作戦が成功する一縷《いちる》の望みでもあるとすれば、もう一本電話をかける必要があった。

ウェントワースの村に差しかかったとき、アンナはヴィクトリアに昼食に連れて行ってもらったパブを思い出そうとした。やがて見覚えのある頂飾りが半旗で風にはためいているのが見えた。

アンナはウェントワース・アームズの前庭に入り込んで、入口近くに車を駐《と》めた。受付を通り過ぎてバーに入った。

「五ドルを両替していただけるかしら？」と女のバーテンに訊《き》いた。「電話をかけたいの」

「お安いご用です」打てば響くような返事だった。バーテンはキャッシュ・レジスターを開けて、一ポンド・コインを二枚渡した。これじゃ真っ昼間から泥棒に遭ったようなものよ、と言ってやりたかったが、揉《も》めている暇はなかった。

「電話はレストランの先の右側です」

アンナは忘れようにも忘れられないある番号にかけた。呼出音が二度鳴っただけで先方が出た。「もしもし、サザビーズです」

アンナは投入口にコインを一枚入れた。「マーク・ポルティモアをお願いします」

「おつなぎします」

「マーク・ポルティモア」

「マーク、こちらはアンナ、アンナ・ペトレスクよ」

「アンナ、いやはや、びっくりしたけどうれしいよ。みんなきみのことを心配してたんだ。火曜日はどこにいたの？」

「アムステルダムよ」

「それはよかった。恐ろしい事件だったよ。フェンストンは？」

「あのときノース・タワーにはいなかったわ。あなたに電話した理由はそのことなの。彼がファン・ゴッホのある作品について、あなたの意見を聞きたがっているのよ」

「真贋《しんがん》、それとも値段？」と、マークが訊いた。「作品の出所なら、ぼくよりきみのほうが詳しいだろう」

「出所については議論の余地がないわ。わたしが欲しいのは値段についてのセカンド・オピニオンなの」

「われわれの知っている作品か？」

「『耳を切った自画像』よ」

「ウェントワースの自画像かい？　あの一族なら生まれたときから知ってるが、あの絵を売ることを考えているとは知らなかったよ」

「売るなんて言ってないわよ」とアンナは答えたが、それ以上の説明をしなかった。

「鑑定のために絵を持って来られるのかい？」と、マークが訊いた。

「そうしたいけど、安全な輸送手段がないのよ。あなたなら助けてくれるんじゃないかと思って」

「今どこにあるんだ？」

「ヒースローの保税倉庫よ」

「それなら簡単だ。うちは毎日ヒースローからの集荷を行なっている。明日の午後じゃどうかな？」

「できれば今日がいいわ」アンナは答えた。「わたしのボスの性格を知ってるでしょう？」

「ちょっと待って、もう車が出たかどうか調べてみる」声が途切れて、聞えるのは自分の心臓の鼓動だけだった。アンナは二枚目のコインを入れた――電話が切れてしまうのだけはなんとしても避けたかった。マークが電話口に戻った。「きみはついてるよ。うちの集配係が四時ごろにほかの荷を受取りに行くそうだ。それでどうかな？」

「結構よ。だけどもうひとつ頼みがあるの。集配用のヴァンが到着する直前に、アート・ロケーションズのルース・パリッシュに電話をかけてもらえないかしら？」

「いいとも。で、評価にどれくらい時間をもらえるのかな？」

「四十八時間よ」

「『自画像』を売る気になったらサザビーズに任せてもらえるんだろうな、アンナ？」

「もちろんよ」

「早く見てみたいもんだ」と、マークが言った。

アンナは電話を切って、平気で嘘《うそ》をついている自分に驚いた。これならフェンストンが自分を騙《だま》すこともいとも簡単だったに違いないと気がついた。

今やすべてはルース・パリッシュが会社にいるかどうかにかかっていると思いながら、ウェントワース・アームズの駐車場を出た。環状道路に達すると、低速車線を走り続けながら、計画を妨《さまた》げる恐れのあるすべての事柄を再検討した。ルースはわたしが解雇されたことを知っているだろうか？　フェンストンはわたしが死んだとルースに話しただろうか？　わたしにこれほど重要な決定を下す権限があると、ルースは信じてくれるだろうか？　それらの答を知る方法はひとつしかないことをアンナは知っていた。ルースに電話をかけてみることさえ考えたが、前もって予告すれば、真偽を確かめる余裕を与えるだけだと考えて思いとどまった。わずかでもチャンスがあるとすれば、それを生かすにはルースの不意を突くしかなかった。

あらゆる可能性を検討することに没頭したために、危《あやう》くヒースロー出口を通り過ぎてしまうところだった。M25を出ると、ターミナル1、2、3、4の標識を通り過ぎて、南周縁道路沿いにある貨物ターミナルに向かった。

アート・ロケーションズのオフィスの真向かいにある来客用スペースに車を駐めた。しばらく車の中に坐《すわ》ったまま、自分を落ちつかせようとした。いっそこのまま逃げ出したら？　こんなことに関わり合って、自分の身を危険にさらす必要なんかなかったのに。だが、やがてヴィクトリアのこと、知らぬこととは言いながら、彼女の死における自分の役割について考えた。「やるのよ、アンナ」彼女は声に出して言った。「相手は知っているか知らないか、二つにひとつよ。もしもすでに知っているとしたら、あなたは二分とたたないうちに車に戻ることになるわ」アンナはミラーを覗《のぞ》いた。嘘をついていると、顔に書いてあるとでも言うの？　「思い切ってやるのよ」より強い口調で自分を鞭《む》打《ち》ちう、ついに車のドアを開けた。深呼吸をしてから、オフィスの入口に向かって滑走路を横切った。

スウィング・ドアを通り抜けると、目の前に見たこともない受付係がいた。幸先《さいさき》が悪かった。

「ルースはいるかしら?」アンナは毎日顔を出している人間のようなふりをして、気安く声をかけた。

「いいえ。ロイヤル・アカデミーで昼食をとりながら、近々始まるレンブラント展の打合せをしているところです」

アンナは気落ちした。

「でも間もなく戻ると思います」

「それじゃ待たせてもらうわ」と、アンナはにっこりしながら言った。

受付の椅子《いす》に腰を下ろした。アル・ゴアが表紙を飾っている《ニューズウィーク》のバックナンバーを手に取って、ぱらぱらとページをめくった。受付のデスクの上の時計をひっきりなしに見上げては、三時十分、三時十五分、三時二十分と、遅々として進まない長針の動きを追っている自分に気がついた。

午後三時二十二分、やっとルースが戻って来た。「伝言は?」と、受付係に尋ねた。

「ありません。でもお客様が一人お待ちです」

アンナは息をひそめ、ルースがくるりと振り向いた。

「アンナ」ルースが叫んだ「会えてうれしいわ」最初のハードルは越えられた。「あなたがニューヨークの悲劇のあと、まだこの仕事の担当を続けているのかしらって考えていたところよ」二番目のハードルも越えられた。「ましてあなたのボスから、ミスター・リープマンがじかに絵を受け取りに行くと連絡があっただけに、なおさら心配だったわ」三番目のハードルも無事通過。ルースは彼女が行方不明で、死亡と推定されていることを、だれからも聞いていないようだった。

「少し顔色が悪いけど」と、ルースが続けた。「だいじょうぶなの？」

「ええ、だいじょうぶよ」アンナは四番目のハードルに足を引っかけながらも、まだ自分の足で立っていた。ただしゴールインするまであと六つのハードルを越えなくてはならなかったが。

「十一日はどこにいたの？」と、ルースが心配そうに訊いた。「わたしたちは最悪の事態を恐れていたのよ。ミスター・フェンストンに訊こうとしたけど、あの人は質問のチャンスさえ与えてくれないでしょう？」

「アムステルダムで絵の売却に当っていたんだけど」と、アンナは答えた。「ゆうべカール・リープマンから電話があって、彼が到着したらすぐに絵を飛行機に積み込めるように、先にロンドンへ飛んで、手続が全部済んでいるかどうかチェックするように指示されたの」

「もちろん準備は万全よ」ルースは気を悪くしたようだった。「でも、倉庫へ案内するから自分の目で確かめて。その前に留守中の電話の有無をチェックして、行先を秘書に知らせておかなくちゃ」

アンナは落着きなく行ったり来たりしながら、ルースはわたしの話を確かめるためにニューヨークへ電話するかしらと考えた。いいえ、そんなことをするはずはない。今までルースの仕事上の窓口はわたしだけだったんだから。

ルースは二分と経《た》たないうちに戻って来た。「これがたった今わたしのデスクに到着したわ」と、アンナに一通のeメールを渡しながら言った。アンナはがっくりした。「ミスター・リープマンが今夜七時から七時半ごろに到着するという念押しよ。一時間以内にニューヨークへ出発したいから、絵を積み込む準備をして滑走路で待つようにって」

「いかにもリープマンらしいわ」

「だから急がなくっちゃ」ルースはドアのほうへ歩き出した。

アンナは頷《うなず》き、ルースに続いて外に出ると、彼女のレンジ・ローヴァーの助手席に跳び乗った。

「恐ろしい事件だったわ。レディ・ヴィクトリアのことだけど」ルースは車の向きを変えて、貨物ターミナルの南端に向かいながら言った。「新聞は、謎《なぞ》の殺し屋だのキッチン・ナイフによる喉切《のどき》りだのと、ひどく大げさに書き立てているけど、警察はまだ容疑者を一人も逮捕していないのよ」

アンナは無言だった。「喉切り」、「謎の殺し屋」という言葉が頭の中で鳴り響いた。アラベラがアンナを勇敢な女性と評したのはそのためだろうか？

ルースはアンナが過去に数回訪れている、特徴のないコンクリートの建物の前で車を停めた。時計を見ると、午後三時四十分だった。

ルースが警備員にセキュリティ・パスを見せると、相手はすぐに厚さ三インチのスチール・ドアのロックを解除した。彼は二人に付添って、アンナにはいつも地下壕《ちかごう》のように思える長い灰色のコンクリートの廊下を歩き出した。そして今度は数字盤がはめこまれた二つ目のドアの前で立ち止まった。ルースは警備員が一歩退《さ》がるのを待って六桁《けた》の数字を打ち込み、重いドアを引いて正方形のコンクリートの部屋に入りこんだ。壁の温度計が摂氏二十度を示していた。

部屋の壁は木製の棚でふさがっていて、棚には一目でそれとわかるアート・ロケーションズ社の赤い箱に梱包《こんぽう》されて、世界各地へ送り出されるのを待つ絵が積み上げられていた。ルースは在庫目録をチェックしてから、部屋を横切って棚の一段を見上げた。そして四隅に47という番号がステンシル印刷された木箱を軽く叩《たた》いた。

アンナも時間稼ぎにルースに近づいて行き、在庫目録の47番、フィンセント・ファン・ゴッホ『耳を切った自画像』、24×18インチ、と書かれた項目をチェックした。

「問題はなさそうね」とアンナが言ったとき、警備員がふたたび戸口に現われた。

「邪魔して済みません、ミズ・パリッシュ。外にサザビーズの保安係が二人やって来て、評価のためにファン・ゴッホを受け取って来るよう指示されたと言っています」

「あなた、このことを知ってる?」と、ルースがアンナに質問した。

「ええ、もちろん」アンナは間髪を入れず答えた。「ファン・ゴッホをニューヨークへ送り出す前に、保険をかけるために評価してもらうよう、会長から指示されているの。サザビーズは一時間で評価を終えて、すぐに送り返すことになっているわ」

「ミスター・リープマンはなにも言ってなかったわ。eメールにもそのことは書かれていなかった」

「言っちゃ悪いけど、リープマンは教養のない俗物で、ファン・ゴッホとヴァン・モリソンの区別もつかない男なのよ」アンナは一瞬躊躇《ちゆうちよ》した。ふつうは決して危険を冒さないのだが、ルースがフェンストンに電話をかけて確かめるという事態だけはなんとしても避けなくてはならなかった。「疑わしいと思うなら、ニューヨークに電話してフェンストンと話してみたら？　そうすれば問題は解決よ」

ルースがその提案を検討する間、アンナははらはらしながら待った。

「そしてまた怒鳴りつけられるの？」と、やがてルースが言った。「そんなのまっぴらよ、あなたの言葉を信じるわ。あなたが責任を持って搬出書類にサインしてくれるのなら」

「もちろん責任を持ってサインするわ。それは銀行幹部としての受託者任務の範囲内よ」彼女はこのこけおどしが効を奏するよう祈った。

「それから計画変更の件もミスター・リープマンに説明してね」

「その必要はないわ。絵は彼の飛行機が到着するずっと前に戻るんだから」

ルースはほっとした表情を浮かべ、警備員に向かって言った。「47番の絵よ」

二人は一緒に、赤い木箱を棚から下ろしてサザビーズの保安輸送車へと運び出す警備員に付き添った。

「ここにサインをください」と、運転手が言った。

アンナが進み出て書類にサインした。

「何時ごろ返してくれるの？」と、ルースが運転手に訊いた。

「聞いていないけど――」

「二時間以内に返してくれるよう、マーク・ポルティモアに頼んでおいたわ」と、アンナが横から口をはさんだ。

「ミスター・リープマンの到着前に戻っていないと困るわ。彼を怒らせたくないのよ」

「わたしが絵と一緒にサザビーズまで行ったら安心できる？」アンナがとぼけて尋ねた。「そうすれば少しはスピード・アップできると思うんだけど」

「迷惑じゃない？」

「この場合はそのほうが賢明だと思うわ」アンナは運転席に乗り込んで二人の男の間に坐った。

ルースが手を振って見送るなか、車は南周縁道路のゲートを通り抜けて、ロンドンへ向かう午後の車の流れに合流した。

24

ブライス・フェンストンのガルフストリームVジェットは、午後七時二十二分にヒースローに到着した。ルースが滑走路に立って、銀行の代表者を出迎えた。彼女はアンナが戻りしだい必要書類が揃《そろ》うように、すでに税関に詳しく事情を報告していた。一時間前から、サザビーズの保安輸送車が戻るのを待って、メイン・ゲートのほうを眺める回数が多くなっていた。すでにサザビーズに電話をかけて、印象派部門の女性部員から、ファン・ゴッホの到着を確認していた。だが、それからすでに二時間以上経《た》っていた。念のためにアメリカに電話で問い合わせるべきかもしれなかったが、サザビーズという最も信頼の置ける顧客を疑う理由はなにもなかった。ルースはジェット機に視線を戻して、なにも言うまいと決心した。どのみち、アンナはあと数分すれば戻って来るはずだった。

胴体のドアが開いて、タラップが地上に下ろされた。スチュワーデスが一歩退《さ》がって、たった一人の乗客が飛行機から下りる通り道を開けた。カール・リープマンが滑走路に下り立ってルースと握手を交わし、エアポート・リムジンの客席に彼女と並んで坐《すわ》って、プライヴェート・ラウンジまでの短い距離を移動した。相手が自分を知っているものと決めつけて、自己紹介もしなかった。

「なにか問題は？」と、リープマンが訊《き》いた。

「わたしの知る限りでは、なにもありません」とルースが自信満々で答えたとき、運転手が自家用機向けラウンジのある建物の前で車を停めた。「レディ・ヴィクトリアの悲劇的な死にもかかわらず、あなたの命令を忠実に実行しました」

「そうそう」リープマンは車から下りて言った。「会社は彼女の葬儀に花輪を届けることにした」そして間をおかずに付け加えた。「わたしがとんぼがえりする準備はできているだろうな？」

「ええ。機長が給油を終えしだい荷物を積み込みます——長くて一時間というところでしょう。そしたらいつでも出発できます」

「それで安心したよ」リープマンがスウィング・ドアを通り抜けながら言った。「八時三十分の離陸枠をもらっていて、それに遅れたくないんだ」

「それじゃ、わたしは失礼して絵の積込みを監督しに行きます。積込みが無事に終わりしだい戻ります」

リープマンは頷《うなず》いて革張りの椅子《いす》に身を沈めた。ルースが出て行きかけた。

「飲みものはいかがですか？」と、バーテンダーが訊いた。

「スコッチをオン・ザ・ロックスで」リープマンは品数の少ないディナーのメニューに目を通しながら答えた。

ルースがドアまで行って振り返った。「アンナが戻ったら、わたしは税関へ行って書類が揃うのを待っていると伝えていただけませんか？」

「アンナだって？」リープマンは椅子から跳び上がって叫んだ。

「ええ、彼女は午後からずっといましたよ」

「ここでなにをしていたんだ？」リープマンはルースに詰め寄った。

「積荷目録をチェックして」ルースは動揺を悟られまいとした。「ミスター・フェンストンの命令が確実に実行されるよう手配していました」

「どんな命令だ？」

「保険金額の評価のために、ファン・ゴッホをサザビーズへ送り出せという命令です」

「会長はそんな命令を出してないぞ」

「でもサザビーズから輸送車が来たし、ペトレスク博士もその指示を確認しています」

「ペトレスクは三日前にくびになった。サザビーズに電話をかけてくれ、今すぐにだ」

ルースは電話に駆け寄って代表番号を回した。

「サザビーズの彼女の窓口はだれだ？」

「マーク・ポルティモアです」ルースは受話器をリープマンに渡しながら言った。

「ポルティモアを頼む」リープマンはサザビーズという名前を聞いたとたんに大声で吠《ほ》えたが、留守番電話であることに気がついて受話器を叩《たた》きつけた。「そいつの自宅の番号を知ってるか?」

「いいえ、でも携帯なら知っています」

「その番号にかけろ」

ルースは急いで電子手帳《パーム・パイロット》を調べて、ふたたび電話をかけた。

「マーク?」

リープマンがルースから受話器を引ったくった。「ポルティモアか?」

「そうです」

「こちらはリープマン。わたしは——」

「言われなくても知ってますよ、ミスター・リープマン」

「結構。われわれのファン・ゴッホがきみの手もとにあるそうだな」

「正確に言えば、ありました」と、マークが答えた。「おたくの美術品担当重役のペトレスク博士から、あの絵を鑑定する間もなく、あなたの気が変わったので、絵をヒースローへ持ち帰ってすぐにニューヨークへ送り出すことにしたと告げられるまではね」

「で、きみは承知したのか？」リープマンの声が単語ひとつごとに大きくなった。

「仕方ないですよ、ミスター・リープマン。なんてったって積荷目録にあったのは彼女の名前なんですから」

25

「ハーイ、ヴィンセントよ」

「ハーイ。たった今聞いた話はほんとなの？」

「どんな話？」

「あなたがファン・ゴッホを盗んだって話よ」

「警察には届けたの？」

「いいえ、彼はそんな危険を冒せないわ。ましてうちの株はまだ下がり続けているし、絵には保険が掛かっていないと来てはね」

「で、彼はどんな手を打とうとしてるの？」

「あなたを追いつめるためにだれかをロンドンへやるらしいわ。でもそれがだれかはわからない」

「追手が到着するころ、たぶんわたしはロンドンにいないと思う」

「じゃ、どこに？」

「うちへ行く《アイム・ゴーイング・ホーム》わ」

「絵は無事なの？」

「ご心配なく」

「よかった。ところで、あなたに知らせたいことがほかにもあるわ」

「なんなの？」

「今日の午後、フェンストンがあなたの葬式に出るのよ」

電話が切れた。五十二秒間の通話だった。

アンナは受話器を置いた。ティナを危険にさらしているのではないかと、ますます心配だった。フェンストンがいつもわたしに一歩先を越される理由を知ったら、どんな報復手段に出るかしら？

彼女は出発カウンターに近づいた。

「お預けになる荷物はありますか？」と、カウンターの女性が尋ねた。アンナは赤い木箱をカートから持ち上げて秤《はかり》に乗せた。続いてスーツケースを隣りに置いた。

「かなりの重量オーヴァーですね、マダム」と、カウンター係が言った。「三十二ポンドの超過料金がかかります」アンナが財布から金を出す間に、女性はスーツケースにラベルを貼《は》りつけ、赤い箱に大きな「こわれ物」のステッカーを貼った。そしてアンナにチケットを渡しながら言った。「三十分後に搭乗を開始します。どうぞよい旅を」

アンナは出発ゲートのほうへ歩き出した。

フェンストンが追手としてだれをロンドンへ送り込んだにせよ、その人間の到着は彼女の出発よりずっとあとになるだろう。しかし彼らがアンナの報告書を注意深く読みさえすれば、絵の最終的な行先がどこかわかってしまうことを、彼女は知っていた。要は確実に彼らよりも先にそこに到着することが必要だった。だがその前に、十年以上も話していないある人に電話をかけて、これから会いに行くことを伝えておかなくてはならなかった。アンナはエスカレーターで二階へ上がり、セキュリティ・チェックを待つ長い列に加わった。

「彼女はゲート43に向かっています」と、ある声が報告した。「八時四十四分発のブカレスト行BA二七二便に乗るようです……」

フェンストンはお歴々の列に割り込んだ。目の前ではブッシュ大統領とジュリアーニ市長が、グラウンド・ゼロで行われる告別式に出席した選ばれた人々と握手を交わしていた。

彼は大統領のヘリコプターが飛び去るまで待って、ほかの会葬者たちに近づいて行った。人垣の後ろのほうの席に着いて、つぎつぎに読み上げられる名前に聞き入った。ひとつ名前が呼ばれるたびに一度だけ鐘が鳴らされた。

グレッグ・アボット。

彼はまわりの人々にちらと目を向けた。

ケリー・ガリックソン。

彼は愛する人々を偲《しの》んでここに集まった身内や友人たちの顔をじっと眺めた。

アンナ・ペトレスク。

フェンストンはペトレスクの母親がブカレストに住んでいて、告別式には来られないことを知っていた。一か所に寄りかたまっている見知らぬ人々をより注意深く観察して、どの男がイリノイ州ダンヴィルからやって来た彼女の叔父のジョージだろうかと考えた。

　レベッカ・ランギア。

　彼はティナに視線を向けた。目に涙が溢《あふ》れていたが、ペトレスクのための涙でないことは確かだった。

　ブルリオ・レアル・ポランコ。

　牧師が頭《こうべ》を垂《た》れた。祈りを唱え、バイブルを閉じて、十字を切った。「父と子と聖霊の御名《みな》において」

「アーメン」と、参列者が唱和した。


　ティナはフェンストンの様子をうかがった。一滴の涙もこぼさず、いつもの癖で左右の足を踏みかえていた――退屈している証拠だった。ほかの人たちが小人数で寄り集まって故人を偲び、お悔みを述べ、慰めの言葉をかける一方で、フェンストンはだれにも同情することなくその場を立ち去った。待たせてある車へ引きあげる彼のあとを追う者は一人もいなかった。

　ティナは数人の会葬者の群に混じって立っていたが、視線はじっとフェンストンに注がれたままだった。運転手が客席のドアを開けて待っていた。フェンストンは車に乗り込んで、ティナが見たこともない女の隣りに坐《すわ》った。運転手が前に戻ってダッシュボードのボタンを押し、背後のスモーク・グラスの仕切りがせり上がるまで、どちらも一言も口を利《き》かなかった。車はすぐに動き出して、真昼の車の流れに合流した。ティナは会長の姿が視線から消えるまで見送っていた。あまり時間が経《た》たないうちにまたアンナが電話をかけて来ることを祈った――彼女に伝えなければならないことがたくさんあったし、車で待っていた女の正体を知る必要もあった。あの二人はアンナのことを話していたのだろうか？　わたしはアンナを必要以上に危険にさらしてしまったのだろうか？　ファン・ゴッホはどこにあるのだろうか？

フェンストンの隣りに坐った女はグレイのパンツ・スーツを着ていた。目立たないことが彼女の最大の財産だった。フェンストンとは二十年近い知合いなのに、彼の会社も自宅のアパートも一度も訪ねたことがなかった。ニク・ムンテアヌと初めて会ったのは、彼がニコラエ・チャウシェスク大統領の金庫番を務めていたころだった。チャウシェスク政権下におけるフェンストンの最重要任務は、巨額の金を世界中の無数の銀行口座に配分すること――つまり独裁者の忠実な取巻き連中への贈賄係《ぞうわい》だった。取巻きが忠実であることをやめると、今フェンストンの隣りに坐っている女が彼らを処刑し、彼が凍結された資産を再配分した。フェンストンの特技は、遠くはクック諸島、近くはスイスといった場所でのマネー・ロンダリングだった。女の特技は肉体の処分――好んで使う凶器はどこの町のどんな金物屋ででも手に入るキッチン・ナイフで、これは銃と違って許可証を必要としなかった。

二人とも文字通り死体がどこに埋まっているかを知っていた。

一九八五年、チャウシェスクは海外支店を開設させるために専属の銀行家をニューヨークに派遣した。それから四年間、フェンストンと隣りに坐っている女との連絡は途絶え、やがて一九八九年にチャウシェスクは同胞によって逮捕され、裁判にかけられて、ついにクリスマスの日に処刑された。独裁者と同じ運命を免れた人々の中にオルガ・クランツがいて、彼女は七つの国境を越えてメキシコに辿《たど》り着き、そこからアメリカに潜入して、失業給付を受けず、怪しげな雇主から支払われる報酬で生計を立てる無数の不法移民の一人となった。今彼女の隣りに坐っているのがその雇主だった。

フェンストンはクランツの身元を知っている数少い生残りの一人だった。彼女をテレビで初めて見たのは、十四歳でルーマニア代表として対ソ国際体操競技会に出場したときだった。

クランツはチーム・メイトのマーラ・モルドヴェアヌに次いで二位になり、早くもマスコミは二人を次のオリンピックの金銀メダル候補に挙げていた。だが不運にも二人ともモスクワ・オリンピックには出場できなかった。モルドヴェアヌは二回転宙返りを試みて平均台から転落し、首の骨を折るという不測の悲劇的な事故で死んだ。そのときほかにジムにいた人間はクランツだけだった。彼女はマーラの思い出のためにも金メダルを取ってみせると誓った。

クランツの退場はマーラほどドラマティックではなかった。オリンピック・チーム選考のわずか数日前、床運動のウォーミング・アップ中に膝《ひざ》の腱《けん》を傷《いた》めてしまった。彼女は二度目のチャンスはないことを知っていた。頂点に達することなく終わった多くの運動選手と同じように、彼女の名前もあっという間に新聞の見出しから消えた。

フェンストンはもう二度と彼女の消息を耳にすることはないだろうと思ったが、やがてある朝彼女がチャウシェスクの秘密のオフィスから出て来るのを見たような気がした。小柄で筋肉質のその女は、少し老《ふ》けたように見えるにしても、かつての敏捷《びんしょう》な身のこなしは失われていなかったし、青味がかった灰色の目は一度見たら絶対に忘れられなかった。

つぼを押えた二、三の質問で、フェンストンはクランツがチャウシェスクの身辺警護隊の隊長をしていることを知った。彼女の専門は独裁者とその妻を裏切った人間の、指定された箇所の骨を折ることだった。

すべての体操選手と同じように、クランツも自分の専門分野で第一人者になることを望んだ。規定種目——腕、脚、首の骨折——の演技を完璧《かんぺき》にこなせるようになると、次は自由種目の〝喉切《のど》り〟に進み、この種目で金メダル候補の一番手となった。何時間も練習に打ち込んだ結果、この技は完成の域に達した。仲間がサッカーや映画を見に行く土曜の午後、クランツはブカレスト郊外の食肉処理場へ行って時間を過ごした。週末は仔羊《こひつじ》や仔牛の喉切りに余念がなかった。彼女のオリンピック記録は一時間で四十二頭だった。食肉処理場の労働者はだれ一人決勝まで進めなかった。

チャウシェスクは彼女に高給を払っていた。フェンストンはそれ以上の高給を払った。クランツの雇用条件は単純明快だった。声がかかれば二十四時間いつでも仕事を引き受けるが、ほかの人間のためにはいっさい働かない。十二年間に報酬は二十五万ドルから百万ドルに増えていた。大部分の不法移民と違って、その日暮らしの生活とは無縁だった。

フェンストンはブリーフケースからフォルダーを取り出して、なにも言わずにクランツに渡した。彼女は表紙をめくって、アンナ・ペトレスクの最近の写真五枚をじっくり眺めた。

「今どこにいるんですか」と、クランツはいまだに隠しきれない中部ヨーロッパ訛《なま》りの英語で訊《き》いた。

「ロンドンだ」とフェンストンは答えて、二番目のファイルを渡した。

彼女はふたたびそれを開いて、今度は一枚のカラー写真を手に取った。「だれです？」

「彼は女よりもなお重要だ」と、フェンストンが答えた。

「なぜ？」クランツはさらに注意深く写真を見ながら訊いた。

「彼には代りがいないからだ。そこがペトレスクとは違う。しかし、とにかく彼女がきみを絵のある場所に連れて行くまでは殺すな」

「連れて行かなかったら？」

「行くさ」

「それで、すでに片耳を失った男を誘拐する報酬は？」と、クランツが訊いた。

「百万ドルだ。半額は前払い、残りの半額はきみが彼を無傷でわたしのもとへ届けた日に払う」

「女は？」

「それも同額だ。ただし支払いはわたしが彼女の二度目の葬式に出たあとだ」フェンストンが目の前のガラス仕切りを叩《たた》くと、運転手が歩道の縁に車を停めた。「そうそう」と、フェンストンが言った。「金はいつものところにキャッシュで預けるよう、すでにリープマンに指示してある」クランツが頷《うなず》いてドアを開け、車から下りて人混みに紛れ込んだ。

九月十五日

26

「邪魔したな、サム」携帯が『ダニー・ボーイ』の最初の数小節を奏《かな》で始めると、ジャックが言った。サムに電話の内容を聞かれたくなかったので、東五十四丁目の通りに出るまで呼出し音を無視した。五番街に向かって歩き続けながらグリーンのボタンを押した。「なにかあったのか、ジョー？」

「ペトレスクがガトウィックに到着しました」と、ジョーが答えた。「レンタカーを借りてまっすぐウェントワース・ホールへ向かいました」

「ウェントワースにはどれくらいいたかね？」

「せいぜい三十分、というところです。館《やかた》を出ると、地元のパブに立ち寄って電話を一本かけてから、ヒースローへ向かい、アート・ロケーションズのオフィスでルース・パリッシュと会いました」ジャックは口を挟まずに聞き続けた。「四時ごろ、サザビーズの輸送車がやって来て、赤い箱を受け取り——」

「箱のサイズは？」

「3×2フィートくらいでしょうか」

「中身がなんだったかは明白だ」と、ジャックが言った。「それで、ヴァンの行先は？」

「サザビーズのウェスト・エンド・オフィスにその絵を届けました」

「それで、ペトレスクは？」

「輸送車に同乗しました。車がボンド・ストリートに着くと、二人のポーターが絵を下ろし、彼女があとから中に入りました」

「出て来るまでの時間は？」

「二十分ほどです。今度は彼女一人で、自分で赤い箱を持っていました。タクシーを呼び止め、絵をトランクに積んで姿を消しました」

「姿を消した？」ジャックの声が大きくなった。「それはどういう意味だ？」

「目下手空《てす》きの捜査官の数が足りないんです」と、ジョーが言った。「ほとんどの人間が、火曜日のテロ攻撃に関係していた可能性のあるテロリスト・グループを特定するために、二十四時間態勢で働いているんですよ」

「なるほどな」ジャックの口調が穏《おだや》かになった。

「しかし、数時間後にまた彼女を見つけました」

「どこにいた？」

「ガトウィック空港です。なにしろ、赤い箱を持ったブロンド美人は人混みでも目立ちますからね」

「ロバーツ捜査官なら見逃していたところだ」

「ロバーツ捜査官てだれです？」

「その話はまた今度にしよう」ジャックはタクシーに乗り込みながら言った。「で、今度の行先は？」

「ブカレストです」

「なんで貴重なファン・ゴッホをブカレストへなど持って行くんだ？」

「きっとフェンストンの指示ですよ。結局、ブカレストは彼だけでなく彼女の生まれ故郷でもあるし、あの絵を隠すのにそれ以上の場所は考えられません」

「それじゃ、絵を引き取るためじゃないとしたら、なんでリープマンをロンドンへ行かせたんだ？」

「煙幕ですよ。フェンストンは彼女が生きていて、まだ自分のために働いていることを百も承知なのに、彼女の葬式に出た理由も、それで説明がつくじゃないですか」

「別の可能性も考えなきゃいかんな」と、ジャックが言った。

「どんな可能性です、ボス？」

「彼女はもうフェンストンのために働いてなくて、ファン・ゴッホを盗んだのかもしれないという可能性だ」

「そんな危険を冒しますかね？　フェンストンが追って来ることがわかりきっているのに」

「それはわからないが、答を知る方法がひとつだけある」ジャックは携帯の赤いボタンを押して、タクシー運転手にウェスト・サイドのあるアドレスを告げた。


フェンストンはテープ・レコーダーのスイッチを切って顔をしかめた。二人ともテープを聞くのはそれで三度目だった。

「あの女をいつくびにしますか？」リープマンの質問はそれだけだった。

「われわれをあの絵がある場所に導いてくれる人間が彼女しかいないうちは、くびにはしないさ」と、フェンストンが答えた。

リープマンは眉《まゆ》をひそめた。「あの二人の会話で唯一《ゆいいつ》の重要な単語に気がつきましたか？」と、彼が質問した。フェンストンが眉を吊《つ》り上げた。「行く《ゴーイング》という単語ですよ」フェンストンは依然としてなにも言わなかった。「もしも彼女が帰る《カミング》と言ったのなら、行先はニューヨークでしょう？」

「ところが彼女は行く《ゴーイング》と言っていた」と、ようやくフェンストンが言った。「つまり、行先はブカレストってことだ」

ジャックはタクシーのシートにもたれて、ペトレスクの次の動きを予想した。彼女がプロの犯罪者なのか、ずぶの素人《しろうと》なのか、いまだに決めかねていた。そしてティナ・フォースターはどんな形でこれに一枚嚙《か》んでいるのか？　フェンストン、リープマン、ペトレスク、フォースターの四人が全員ぐるだという可能性はあるだろうか？　もしもそうだとしたら、リープマンはなぜロンドンで数時間過ごしただけでニューヨークへ引き返してしまったのか？　彼はロンドンでペトレスクと会わなかったし、ニューヨークへ絵を持ち帰らなかったことも確かだった。

しかし、もしもペトレスクが単独で内職を始めたのだとしたら、フェンストンにつかまるのは時間の問題だろう。ただ、ペトレスクは今や自分のホーム・グラウンドにいて、しかも自分がどれほど危険な状況にあるかに気づいていないことを、ジャックも認めざるをえなかった。

しかし、なぜペトレスクが、かつての同僚たちに知られずに処分することはとうてい不可能なこれほどの名画を盗んだのかは、いまだにジャックには解けない謎《なぞ》だった。美術業界は狭い世界だし、これほど高い買物ができる人間の数にいたってはさらに限られていた。万一彼女が絵を売ることに成功したとしても、いったいその金をなにに費《つか》うつもりなのか？　どこへ金を隠したとしても、それほどの大金ならＦＢＩは数時間以内に探し当ててしまうだろう。ましてや火曜日のテロ事件のあとではなおさらだった。要するに話の辻褄《つじつま》が合わなかった。

しかし彼女がその無謀な行動をわかりきった結末に向かって強行すれば、煮え湯を飲まされたフェンストンはおそらく彼の流儀で反撃に出るだろう。

タクシーがセントラル・パークに入り込むと、ジャックは過去数日間のあらゆる出来事の意味を考えてみた。九月十一日以降はフェンストン事件の担当からはずされるのではないかとさえ思ったが、メイシーは、部下がみなテロリストの手がかりを追うことにかかりっきりで、ほかの犯罪者の人殺しを見逃すべきではないと主張した。アンナが行方不明者リストに載っている間に、彼女のアパートの捜査令状を取ることは難しくなかった。結局親戚《しんせき》や友達と連絡を取って、彼女から連絡があったかどうかを知る必要があるという口実があったからである。それにごくわずかな可能性だが、彼女が部屋に閉じこもって、あの日のトラウマから立ちなおろうとしていることも考えられる、とジャックは判事を説得した。判事はあれこれうるさく言わずに令状に署名した。

「彼女が見つかることを祈るよ」それはその日判事が繰り返し言葉に表わした気持だった。

サムはアンナの名前を聞いただけで泣きだした。どんなことでもお役に立ちたいとジャックに言い、彼女の部屋へ案内してドアまで開けてくれた。

狭いがきちんと片付いたアパートの中をジャックが見て回る間、サムはホールで待っていた。結局すでに知っていること以上に大した発見はなかった。アドレス・ブックでイリノイ州ダンヴィルに住む叔父の電話番号がわかり、封筒からブカレストに住む母親のアドレスがわかった。唯一の意外な発見は、ホールに飾られた、画家の鉛筆によるサイン入りの、ピカソの小品だったかもしれない。描かれた闘牛士と牛を注意深く見たが、複製でないことは確かだった。その絵が盗品なら、人目につくホールに飾っておくとは思えなかった。あるいはその絵は、ファン・ゴッホの入手に協力したことに対するフェンストンからのボーナスだろうか？　だとしたら、少くとも今彼女がしていることの説明がつくというものだった。やがてベッドルームに入ってみると、九月十一日の晩にティナがこのアパートにいたことを立証するひとつの手がかりが見つかった。アンナのベッドの脇《わき》に一個の腕時計があった。ジャックは文字盤をチェックした。針は八時四十六分で止まっていた。

ジャックは居間に戻って、ライティング・デスクの隅に飾られたアンナと両親と思われる写真に目を向けた。箱型のファイルを開けてみると、彼には読めない言葉で書かれた手紙の束が現われた。その大部分には「ママより」の署名があったが、アントンという差出人からの手紙も一、二通あった。親戚だろうか、友達だろうか？　ふたたび写真に視線を戻して、自分の母親がこの写真を見たら、自慢のアイリッシュ・シチューをごちそうするためにアンナを招待していただろう、と思わずにいられなかった。

「参ったな」ジャックが運転手に聞こえるような声で言った。

「どうかしたかね？」と、運転手が訊《き》いた。

「おふくろに電話するのを忘れてたよ」

「そりゃたいへんだ。わかるんだよ、おれもアイリッシュだからね」

えっ、それほど見え見えなのか、とジャックは思った。母親に電話して、今日は〝アイリッシュ・シチューの夕《ゆうべ》〟に行けないと断わらなくてはならなかったのだ。本来なら今夜は両親の家を訪ねて、神の創造になるほかのいかなる民族よりもすぐれたケルト民族の、生まれながらの優越性を祝う習慣だった。彼が独りっ子であることも重荷だった。忘れずにロンドンから電話しなくては。

父親はジャックを弁護士にしたくて、両親はそのために多くの犠牲を払った。父親はニューヨーク市警に二十六年勤めた経験から、犯罪で金儲《かねもう》けをするのは弁護士と犯罪者だけだという結論に達し、息子はそのどっちになるかを決めなくてはならないと考えた。

父親の不可解な助言にもかかわらず、ジャックは法律の学位を取得してコロンビア大学を卒業したわずか数日後に、ＦＢＩに就職した。父親は息子が弁護士にならなかったことに毎土曜日ぐちをこぼし続け、母親はいつ孫の顔を見せてくれるのかと催促し続けた。

ジャックは訓練のためにクォンティコに到着した瞬間から、やがてニューヨーク支局に配属され、上席捜査官に昇進するまでに、この職業のあらゆる面が気に入った。同期生で最初に昇進した顔ぶれの中に自分が入っていることに驚いたのは彼だけのようだった。さすがの父親も渋々ながらおめでとうと言い、「優秀な弁護士になっていただろうことがこれで証明された」と負け惜しみを言った。

メイシーも自分がワシントンDCへ戻ったら、ジャックに後を継がせたいという希望を明らかにしていた。だがジャックにはその前に、昇進の可能性をただの夢想に変えてしまうような一人の男を、刑務所に送る仕事が残っていた。そして、今のところ、ジャックは自分のグローブがブライス・フェンストンに掠《かす》りもせず、ノックアウト・パンチを食らわせるためには、一人のアマチュアに頼らなければならないことを認めざるをえなかった。

彼は夢想から覚めて秘書に電話を入れた。

「サリー、ロンドン行の一番早い飛行機と、ブカレストへの乗継ぎ便の切符を手配してくれ。これから家へ帰って荷物をまとめる」

「断わっておくけど、ジャック」と、秘書が答えた。「JFKは来週いっぱい空きがないそうよ」

「サリー、頼むからぼくをロンドン行の飛行機に乗せてくれ。パイロットの隣りだろうと文句は言わないよ」

ルールは簡単だった。クランツは毎日新しい携帯電話を一個盗んだ。会長に一度だけ連絡し、通話が終わったら携帯を処分する。その方法なら足がつく恐れはなかった。フェンストンがデスクに坐《すわ》っていると、専用電話の小さな赤いライトが点《つ》いた。その番号を知っている人間は一人しかいなかった。彼は受話器を取った。

「女はどこです？」

「ブカレストだ」彼はそれだけ言って電話を切った。

クランツは今日の携帯をテムズ川に捨てて、タクシーを呼び止めた。

「ガトウィック空港」


ヒースローでタラップを下りたジャックは、滑走路で自分を待っているトム・クランティの姿を見ても驚かなかった。旧友の横にはエンジンをかけっぱなしにした車が駐《と》まっていて、もう一人の捜査官が後部座席のドアを開けて待っていた。ドアが閉まって車が動き出すまで二人とも口を利《き》かなかった。

「ペトレスクはどこだ？」それがジャックの最初の質問だった。

「ブカレストに到着したよ」

「絵はどうなった？」

「彼女が荷物用のカートに積んで税関を通り抜けたよ」と、トムが言った。

「なかなかやるな」

「同感だ。しかし、もしかすると危険に気がついていないのかもしれんよ」

「おそらくもうすぐ気がつくだろう」と、ジャックが言った。「なぜかって、これだけは確かだからだ。もしも彼女があの絵を盗んだのだとすると、彼女を追っている人間はぼくだけじゃない」

「じゃ、きみはほかの人間にも目を光らせなきゃならないわけだ」

「その通りだ。彼女が次の目的地へ移動する前に、ぼくがブカレストに到着すればの話だが」

「だったらぐずぐずしている暇はない。きみをガトウィックへ運ぶヘリコプターが待機している。それにブカレスト便の出発を三十分だけ遅らすことになっている」

「いったいどんな手を使ったんだ？」

「ヘリはわれわれが用意し、出発の引きのばしはこの国の連中が担当した。アメリカ大使がイギリス外務省に電話をかけたんだ。なんて言ったかは知らんが」とトムが白状したとき、車がヘリコプターの横で停まった。「とにかく出発まで三十分しかないぞ」

「いろいろありがとう」ジャックは車から下りてヘリコプターに近づきながら言った。

「いいか、忘れるなよ」トムが回転翼の騒音に負けない大声で言った。「ブカレストにはうちの支局がないから、きみはだれにも頼れないぞ」

27

アンナは木箱と大きなスーツケースとラップトップを積んだカートを押して、ブカレストのオトペニ国際空港のコンコースに足を踏み出した。駆け寄って来る一人の男の姿に気がついて立ち止まった。

アンナは男に疑いの目を向けた。身長は五フィート九インチほど、頭が禿《は》げていて、赤ら顔で、黒く濃い口髭《くちひげ》をたくわえていた。年の頃は六十過ぎ、昔はもっと痩《や》せていたことを思わせる窮屈そうなスーツを着ていた。彼はアンナの前で立ち止まった。

「わたしはセルゲイです」と、彼はルーマニア語で話しかけた。「あなたから電話があったので迎えに行ってくれと、アントンに頼まれました。彼はすでに都心部の小さなホテルをあなたの名前で予約してあります」セルゲイはカートを受け取って、待機している自分のタクシーのほうへ押して行った。メーターの走行距離が三十万マイルに達している黄色いメルセデスの後部ドアを開けて、アンナが乗り込むまで待ってから、荷物をトランクに積んで運転席に坐《すわ》った。

アンナはタクシーの窓から街並を眺めながら、自分が生まれたころと較《くら》べるとすっかり様変りしていることに感慨を覚えた——今やこの町はヨーロッパというテーブルに自分の席を要求して、他人を押しのけながら進むエネルギッシュな首都だった。モダンなオフィス・ビルやファッショナブルなショッピング・センターが、わずか十年前までの共産主義国特有の陰気な灰色のタイル張りの建物に取って代わっていた。

セルゲイは狭い通りの奥にひっそりと佇《たたず》むこぢんまりしたホテルの前で車を停めた。トランクから赤い木箱を取り出し、アンナがほかの荷物を持ってホテルに入った。

「まず最初に母の家へ行きたいわ」と、チェックインを済ませたアンナが言った。

セルゲイが時計を見た。「九時ごろ迎えに来ます。それまで少し寝《やす》んでください」

「ありがとう」

彼は赤い木箱を抱えてエレベーターに乗り込むアンナを見送った。

ジャックが最初に彼女に気づいたのは、飛行機に乗る客の列に並んでいるときだった。万一尾行された場合にそなえてわざと遅れる……それが監視の基本テクニックである。この場合のこつは、自分が尾行者に気づいていることを相手に悟られないことである。ふつうに行動し、決して振り返らない。だがそれは言うほど易《やさ》しくはない。クォンティコの指導教官は、毎晩授業が終わると尾行探知テストを行って、新入生の一人を自宅まで尾行するのだった。生徒がまんまと教官をまけば表彰される。ジャックはその一段上を行った。教官をまいたあとで、今度は教官相手に尾行探知テストを行い、気づかれることなく自宅まで尾行することに成功したのである。

アンナが九時過ぎ間もなくホテルを出ると、セルゲイが年代物のメルセデスの横に立って待っていた。

「おはよう、セルゲイ」彼女は客席のドアを開けてくれた彼に声をかけた。

「おはようございます、マダム。やっぱり母上を訪問しますか？」

「ええ。母が住んでいるのは——」

セルゲイは手を振って、アンナをどこへ連れて行けばよいか、言われなくてもわかっていることを伝えた。

車が町の中心部の、ヴェルサイユ宮殿の芝生にあってもおかしくない壮麗な噴水を通過するとき、アンナはうれしそうに笑みを浮かべた。しかし郊外に差しかかると、風景はあっという間にカラーからモノクロームに変わった。やがて忘れられたような辺鄙《へんぴ》なベルチェニ地区に到着したとき、新政権がチャウシェスクの失脚後に選挙民に公約した《すべての人々に繁栄を》プログラムの達成まではまだまだ道は遠いことを知った。数マイルを行く間に、より馴染《なじ》みの深い若いころの光景と再会した。同胞の多くは生気に乏しく、年齢よりも老《ふ》けているように見えた。周囲の荒廃した環境に気づいていないのは、路上でサッカーに興じている幼い子供たちだけのようだった。父親が蜂起《ほうき》で殺されたあとも、母親がまだ頑《かたく》なに生まれ故郷に留《とど》まっていることが、娘には理解できなかった。何度もアメリカへ呼び寄せようと説得したのだが、頑として応じなかった。

アンナは一九八七年に、一度も会ったことのない叔父の招きでイリノイ州を訪れた。叔父は旅費として二百ドル送ってくれさえした。父親は出発しなさい、一日も早く、と急《せ》きたてたが、行ったら最後二度と戻らないだろうと予言したのは母親だった。彼女は片道切符を買い、叔父はルーマニアへ帰りたければ帰国の旅費も出してやると約束した。

当時アンナは十七歳で、船が港に入る前に早くもアメリカに恋をした。それから数週間後に、チャウシェスクは彼の苛酷《かこく》な体制に反対するすべての人間に対して、断固たる処置をとり始めた。父親は危険だから帰国しないほうがよいと、娘に手紙を書いた。

それが最後の手紙となった。その三週間後に彼は叛乱《はんらん》グループに参加し、以後だれ一人として彼の姿を見た者はいない。

アンナは無性に母が恋しくなり、繰り返しイリノイへ誘った。だが答はいつも同じだった。「ここはわたしの祖国よ。わたしはここで生まれ、ここで死ぬの。新しい生活を始めるには年を取り過ぎたわ」年を取り過ぎたなんて、とアンナは抗議した。まだやっと五十一歳、しかしそれは頑固なルーマニア人の五十一歳だったので、アンナは母親の決心が絶対に変わらないことを渋々ながら認めた。その一か月後、ジョージ叔父が彼女を地元のハイスクールに入学させた。ルーマニアの社会不安はますます激化する一方で、アンナはマサチューセッツの大学を卒業し、その後ペンシルヴェニア大学に進んで、言葉の壁の存在しない分野で博士号を取得すべく、勉学に励むチャンスをつかんだ。

アンナはなおも毎月母親に手紙を書き続けていたが、思い出したように届く返信が、すでに答えたことをまた質問して来るところを見ると、出した手紙の大部分は母のもとへ届いていないことがわかった。

アンナが大学を卒業してサザビーズに入ったあと最初に実行したのは、ブカレストに母親のための別口の銀行口座を開いて、毎月一日に自動振込みで四百ドルずつ送金することだった。しかし、やはり本音を言えば……

「ここで待ちますよ」やがてタクシーがレシテイ広場の老朽アパート群の一画で停まり、セルゲイが言った。

「ありがとう」アンナは自分がそこで生まれ、母親が今もそこに住んでいる戦前からの団地を窓から眺めた。母はわたしが送ったお金をなにに費《つか》っているのかしら、と思わずにいられなかった。タクシーから下りて雑草に覆《おお》われた小道に立った。昔はひと跳びで越えられなかったので、とても幅広く感じられた道だった。

路上でサッカーをやっていた子供たちが、スマートなリネンのジャケット、流行の綻《ほころ》びのあるジーンズ、しゃれたスニーカーというでたちの見慣れない女性が、擦りへった穴だらけの小道を歩いて来るのを、胡散《うさん》くさそうに眺めていた。彼らのジーンズもあちこち綻びていた。エレベーターはボタンを押しても無反応で――昔と少しも変わっていなかった――だから最も人気があるのはいつも低い階にある部屋だったことを、アンナは思い出した。母親が何年も前にここから引っ越さなかった理由が、彼女には理解できなかった。町の反対側で快適なアパートメントを借りるのに充分すぎるほどの金を送っていた。アンナの罪の意識は一階登るたびに深まった。階段を歩いて登るのがどれほど辛《つら》いことかを忘れていたが、路上でサッカーをやっている子供たちと同じで、昔はその方法しか知らなかったのだ。

ようやく十六階まで辿《たど》り着くと、立ち止まって呼吸を整えた。母親がめったに外へ出ないのも無理はなかった。それより上の階には、家にこもったきりの六十歳以上の老人たちが住んでいた。アンナはしばし躊躇《ちゆうちよ》してから、最後にそこに立ったときから一度もペンキを塗りかえられていないドアをノックした。

しばらく待たされたあとで、全身黒ずくめの、弱々しい白髪の婦人が、ほんの数インチだけドアを開けた。母と娘はたがいにみつめ合い、やがてエルザ・ペトレスクが勢よくドアを引いて、娘を両腕に抱きしめ、風貌《ふうぼう》と同じように年寄りじみた声で叫んだ。「アンナ、アンナ、アンナ」母と娘は声を揃《そろ》えて泣いた。

老女はアンナの片手を握りしめたまま、そこで彼女が生まれたアパートの中に導き入れた。部屋の中は塵《ちり》ひとつなく、アンナはそこにあるあらゆる物を覚えていた。なにひとつ昔と変わっていなかったからである。祖母の代から伝わるソファと椅子《いす》、みな白黒で、フレームに入っていない家族写真、石炭のない石炭入れ、本来の模様が識別できないほど擦りへった絨毯《じゅうたん》……ひとつだけこの部屋に新しく加わったものは、それ以外はなにもない殺風景な壁に掛けられたすばらしい絵だった。アンナは父親のその肖像画を眺めるうちに、自分の美術への愛がどこで始まったかを思いだした。

「アンナ、アンナ、尋ねたいことが山ほどあるのよ」と、母親が言った。「どこから始めようかしらね」と、なおも娘の手を握りしめながら続けた。

母親のすべての質問に答え終わる前に日が暮れていた。やがて娘はふたたび懇願した。「お願い、ママ、わたしと一緒にアメリカに住んで」

「いいえ」母親は挑発するように言った。「わたしの友達も思い出もみなここと結びついているのよ。今さら新しい生活を始めるのは遅すぎます」

「じゃ、せめてほかの場所へ引っ越したら？　もっと下の階の部屋を――」

「ここはわたしが結婚し、あなたが生まれ、愛するお父さんと一緒に三十年以上も暮し、神様がわたしの死期を告げたときに死を迎える場所なのよ」母は娘に微笑《ほほえ》みかけた。「お父さんのお墓をだれが世話するの？」まるで初めてその質問をするような口ぶりだった。彼女は娘の目を覗《のぞ》き込んだ。「お父さんは、あなたがアメリカにいる弟のもとに身を寄せたときにとても喜んでいたけど――」しばし沈黙が訪れた――「今になってわたしにもお父さんが正しかったことがわかるわ」

アンナは部屋の中をぐるりと見回した。「だけど、わたしが毎月送っているお金をなぜもっと費《つか》わないの？」

「ちゃんと費っているわ」母親はきっぱりと言った。「自分のためにじゃないけど。わたしはなにも欲しいものがないの」

「じゃなにに費ったの？」

「アントンのために費ったわ」

「アントン？」

「そう、アントンよ。彼が刑務所から釈放されたことは知っているわね」

「ええ、もちろん。チャウシェスクが逮捕された直後に、パパの写真があったら借りたいという手紙をもらったわ」アンナは父親の肖像画を見上げて微笑んだ。

「本物そっくりでしょう」

「ほんとね」

「彼は美術アカデミーの以前の職に戻ったの。今は遠近画法の教授よ。あなたが彼と結婚していれば、今ごろ教授夫人になっていたわ」

「彼はまだ絵を描いているの？」アンナはお定《き》まりの次の質問を避けるために先手を打った。

「描いてはいるけど、主な仕事は美術アカデミーで大学院生に教えることよ。ルーマニアでは画家じゃ生活できないの」母親は悲しそうに言った。「あれだけの才能があるんだから、アントンもアメリカへ行くべきだったわ」

アンナはアントン作の父親のすばらしい肖像画にふたたび目を向けた。母親の言う通りだった。これだけの才能があれば、ニューヨークで大活躍していただろう。「でも彼は、そのお金をなにに費っているの？」と、彼女は訊《き》いた。

「カンヴァス、絵具、絵筆など、学生たちには手が届かないさまざまなものを買っているわ。だからあなたの気前のよさはりっぱに役に立っているってわけ。ところでアントンはあなたの初恋の人だったわね？」

アンナは母親がいまだに自分を赤面させられることが信じられなかった。「ええ、そう」彼女は正直に認めた。「そしてわたしも、彼の初恋の人だったんじゃないかしら」

「彼はすでに結婚していて、ペタイというかわいい坊やがいるわ」母親は少し間をおいて続けた。「あなたは恋人がいるの？」

「いいえ、いないわ、ママ」

「それでここへ戻ってきたの？　なにかから、それともだれかから逃げているの？」

「なぜそんな質問を？」アンナはたじたじだった。

「目が悲しそうで、怯《おび》えているからよ」と、母親は娘のほうを見ながら言った。「あなたは子供のときから心の中を隠せなかったわ」

「そりゃ、問題のひとつやふたつ抱えているわよ」アンナは白状した。「でも時間がたっても解決できないような難しい問題じゃないわ」そして微笑みながら続けた。

「実は、問題のひとつをアントンなら解決してくれそうな気がするので、アカデミーで会って一杯飲みながら相談しようと思っているところなの。彼になにか伝えることはある？」母親は答えなかった。いつの間にかうとうとしはじめていた。アンナは膝《ひざ》掛《か》けをなおしてやって額にキスをした。「明日の朝また来るわ、ママ」と、小声で言った。

彼女は音を立てないように部屋を出た。ごみだらけの階段を歩いて下りる途中、古色蒼然《そうぜん》たる黄色のメルセデスが、まだ歩道際《ほどうぎわ》に駐《と》まっているのを見てほっとした。

28

アンナはホテルへ戻って急いでシャワーを浴び、着替えをした。新しい専属運転手が、大学通りにある美術アカデミーまで連れて行ってくれた。

その建物は時間が経《た》っても優雅さと美しさをいささかも失っておらず、彫刻入りの重厚な扉に向かって階段を上がっていくうちに、ギャラリーに展示された、もう二度と見る機会はないだろうと思っていた偉大な芸術作品の数々を初めて見た日の記憶が、一挙に甦《よみがえ》ってきた。受付でテオドレスク教授の講義はどこで行われているかと尋ねた。「三階の大講堂です」と、カウンターの女性が答えた。「でも、もう始まっていますよ」

アンナは若い学生に礼を言って、大講堂への順路を訊《き》きもせずに、広い大理石の階段を三階まで昇った。大講堂の外に貼《は》られたポスターの前で足を止めた。

二十世紀美術へのピカソの影響
アントン・テオドレスク教授
今夜、午後七時より

会場の方向を示す矢印は彼女には必要なかった。アンナはそっとドアを押し、講堂内が暗いのでほっとした。横手の階段を上がって後方の席に腰を下ろした。『ゲルニカ』のスライドがスクリーンいっぱいに映っていた。アントンが、この大作は一九三七年、スペイン戦争さなかの、ピカソの最盛期に制作されたものだと説明していた。爆撃とその結果としての大殺戮《だいさつりく》を描くのにピカソは三週間を要した、そのイメージは疑いもなくスペインの独裁者フランコへの画家の憎しみを反映している、と解説は続いた。学生たちは講義を静聴し、何人かはノートを取っていた。アントンの溌剌《はつらつ》とした講義は、何年も前に自分が彼に夢中になった理由をアンナに思い出させた。そのころ彼女は一人の画家に処女を捧《ささ》げただけでなく、生涯続く美術との恋愛もそのときから始まったのだった。

アントンの講義が終わると、盛大な拍手が湧《わ》き起こり、学生たちが彼の講義を楽しんだことは疑いなかった。彼は若者たちが選んだ専門分野への情熱を鼓舞し、涵養《かんよう》する才能を少しも失っていなかった。

使い終わったスライドをまとめて古ぼけた鞄《かばん》にしまい込む初恋の人を、アンナはじっと見守った。細身の長身、もじゃもじゃの黒い癖毛、着古した茶のコーデュロイの上着にオープン・ネックのシャツは、いまだに学生で通りそうな印象だった。体重が少し増えたことは一目でわかったが、だからと言って魅力が薄れたとは思わなかった。

最後の学生が出て行くと、彼女は講堂の前のほうへ進んだ。

アントンはどうやら学生が質問しに来たと思ったらしく、半月形の眼鏡越しに彼女に視線を向けた。アンナだとわかった瞬間、声もなく驚きの目をみはった。

「アンナ」ようやく彼は叫んだ。「きみが聴いていることに気がつかなくてよかったよ。おそらくピカソについては、ぼくよりきみのほうがよく知っているだろうから」

アンナは彼の両頰にキスして、笑いながら言った。「あなたの魅力も、人を持ち上げる才能も、少しも失われていないわ」

アントンは満面に笑みを浮かべながら、降参と言うように両手を上げた。「セルゲイは空港へ迎えに行ったかい？」

「ええ、ありがとう。どこで彼と知り合ったの？」

「刑務所だよ」アントンは白状した。「彼は運よくチャウシェスク政権を生きのびた。それで、きみの聖女のようなお母さんのところはもう行ったの？」

「ええ。母はいまだに刑務所に毛が生えた程度の環境で暮しているわ」

「同感だ。ぼくがどうにかしてあげようと努力しなかったなんて思わないでくれよ。しかし、きみが送ってくれるドルと、お母さんの気前のよさのおかげで、ぼくの優秀な教え子たちの何人かは――」

「知ってるわ。母から聞いたもの」

「いや、全部は知らないさ。きみの投資が生んだ成果を見せてあげよう」

アントンは二人とも学生時代の昔に戻ったかのように、アンナの手を取って階段を下り、あらゆる表現様式の絵が壁にずらりと並んでいる一階の長い廊下へ案内した。

「今年の受賞学生の作品だよ」彼は子供自慢の父親のように両腕を拡《ひろ》げた。「どの作品もみな、きみのお金で買ったカンヴァスに描かれている。実を言うと、賞のひとつはきみの名前を冠して――ペトレスク賞と呼ばれている」彼はひと呼吸おいて続けた。

「きみが受賞者を選んでくれていたらよかったのにな。そうすればぼくだけでなく、受賞した学生も鼻高々だったろう」

「お世辞でもうれしいわ」アンナは笑いながら言うと、長い絵の列に近づいて行った。

ゆっくり時間をかけてカンヴァスの並んだ壁の前を行きつ戻りつし、時おり立ち止まってはさらに念入りに鑑賞した。アントンは明らかにほかの技法よりも先に、まずデッサンの重要性を学生たちに叩《たた》き込んでいた。鉛筆をこなせないうちは絵筆に手を出すな、というのが彼の持論だった。しかし主題の幅の広さと大胆なアプローチは、同時に自由な自己表現を奨励していることもうかがわせた。アンナは最後にブカレストの空に昇る朝日を描いた『自由』という題の油絵の前で立ち止まった。

「この絵を高く評価しそうな紳士を知ってるわ」と、彼女が言った。

「きみの見る目は健在だよ」と、アントンが微笑を浮かべながら言った。「ダヌータ・セカルスカは今年の花形で、勉強を続けるためにロンドンのスレイド美術学校への入学を許可されているんだ。留学費用を工面できればの話だがね」彼は時計をのぞいた。「どうだろう、一杯やる時間はあるかい？」

「もちろんよ」アンナは答えた。「実は、あなたにひとつ頼みたいことがあって――」彼女はちょっとためらってから付け加えた――「本当は二つあるんだけど」

アントンはふたたび彼女の手を取って、廊下を職員食堂のほうへ戻り始めた。教官用談話室に入ると、いくつかのグループに分かれた教授たちが、せいぜいコーヒー止まりの飲物を楽しみながら、上機嫌で歓談している話し声が耳に入った。彼らは家具もコーヒー・カップもソーサーも、そしておそらくクッキーさえもが、ブロンクスの救世軍ホステルを訪れる自尊心の強い浮浪者なら、おそらく見向きもしないような代物《しろもの》であることを、まったく意に介していないようだった。

アントンが二つのカップにコーヒーを注いだ。「たしかブラックだったね。スターバックス並みとはいかないが」と、彼は冗談を言った。「時間はかかるだろうがいずれ追いつくよ」アントンがアンナを暖炉の前へ案内すると、人々の視線が彼女に向けられた。彼はアンナと向かい合って腰を下ろした。「さて、頼みってなんだい、アンナ？　きみには借りがあるから断われないな」

「ひとつは母のことなの」と、彼女は小声で言った。「あなたの助けが必要だわ。母は自分のためには一セントもお金を費《つか》おうとしない。新しいカーペットや、ソファや、テレビや、電話だって必要なのに。それにもちろん玄関ドアのペンキだって塗り替えなきゃならないわ」

「ぼくが知らんぷりをしていたと思うかい？」と、アントンが繰りかえした。「きみの頑固さはいったいだれに似たと思っているんだ？　ぼくはうちへ越して来て一緒に住もうとまで言ったんだよ。御殿とは言えないが、お母さんが今住んでいるぼろ家よりはずっとましだからね」アントンはコーヒーを大きくひと口飲んだ。「だがもう一度説得してみるよ——もっと強硬にね」

「ありがとう」アンナはアントンが煙草《たばこ》を巻く間沈黙を続けた。「それはそうと、わたしはどうやらあなたに煙草をやめさせることに失敗したようね」

「ニューヨークと違って、ここには気を紛らわす楽しみがほかにないからね」彼は笑いながら言った。そして手巻きの煙草に火を点《つ》けてから続けた。「もうひとつの頼みとは？」

「よく考えて返事をしてね」と、彼女は落ちついた口調で言った。

アントンはコーヒー・カップを置き、煙草を深々と吸い込んで、アンナが詳しく説明する頼み事にじっと耳を傾けた。

「この計画をお母さんに相談したのかい？」

「いいえ」アンナは白状した。「わたしがブカレストに来た本当の理由を、母には話さないほうがいいと思ったの」

「ぼくに許される時間はどれくらい？」

「三日か四日ってとこかしら。わたしがここへ戻って来るまでに、計画がどれだけ順調に運ぶかによるわ」と、彼女は説明抜きで付け加えた。

「もしもぼくがつかまったら？」彼はまた深々と煙を吸い込みながら尋ねた。

「たぶん刑務所へ逆戻りね」

「きみはどうなる？」

「そのカンヴァスがニューヨークへ送られて、わたしに不利な証拠として使われるでしょう。もっとお金が必要なら――」

「とんでもない、まだきみのお母さんの金を八千ドル以上も預っている、だから――」

「八千ドル？」

「ルーマニアではドルは費いでがあるんだよ」

「あなたを買収できるかしら？」

「買収？」

「この仕事を引き受けてくれたら、あなたの教え子のダヌータ・セカルスカがスレイドへ留学する費用をわたしが負担するわ」

アントンはしばらく考えた。「そしてきみは三日後に戻るんだな」と、煙草を消して言った。

「遅くても四日後には」

「きみが思っているほどぼくに才能があればいいが」

「ヴィンセントよ」

「今どこ？」

「母の家よ」

「じゃ、そこでぐずぐずしてないで」

「どうして？」

「ストーカーがあなたの居場所を知っているからよ」

「残念ながら彼はまたわたしを見失うわ」

「ストーカーが男かどうかさえわからないのよ」

「なぜそう思うの？」

「あなたの葬式に出たとき、フェンストンが車のバックシートで女と話しているのを見たからよ」

「だからって――」

「確かに。でも一度も見たことのない女だったから心配なの」

「フェンストンの女友達の一人かも知れないじゃない」

「女友達というタイプじゃなかったわ」

「じゃ、どんなタイプか言ってみて」

「身長百五十センチ強、細身で、髪が黒かった」

「わたしがこれから行く先には、そういうタイプがいくらでもいるわ」

「絵は持って行くの？」

「いいえ、だれしもまさかと思うようなところに残して来たわ」

電話が切れた。


リープマンはオフのボタンを押して、おうむ返しに言った。「だれしもまさかと思うようなところ、か」

「だとすると、きっとまだ木箱に入ったままだ」と、フェンストンが言った。

「同感です。しかし彼女は今度はどこへ行くんでしょうか？」

「身長が百五十センチ強で、細身で、髪の黒い女がたくさんいる国だ」

「なら日本ですよ」

「どうしてわかる？」

「彼女の報告書に書いてあります。あの絵の魅力に逆らえないある人物に売るつもりなんですよ」

「ナカムラだな」と、フェンストンが言った。

九月十六日

29

ジャックは明滅するネオン・サインが、〝ブカレスト・インターナショナル〟と大上段に振りかぶったホテルにチェックインした。そしてほとんどひと晩中、あまりに寒すぎるのでラジエーターの温度を上げたり、あまりにうるさすぎるのでそのスイッチを切ったりして過ごした。午前六時に起きて、朝食を抜いた。食事もラジエーター同様信用できないのではないかと思ったからである。

飛行機に乗ってからは女の姿を見ていないところを見ると、自分がミスを犯したか、相手がプロフェッショナルかのどっちかだった。しかしアンナが独自に行動していることはもはや疑いなかった。とするとフェンストンはファン・ゴッホを取り戻すために、間もなく追手を急派するだろう。それにしてもペトレスクはなにを企《たく》らんでいるのか？ そしてわが身を危険にさらしていることに気付いていないのだろうか？ ジャックはすでに、最も確実に彼女に追いつけるのは、母親の家を訪ねるときだろうと決めていた。今度は彼が彼女を待つ番だった。飛行機に乗る列に並んでいたときに見かけた女も同じことを考えていたのだろうか？　だとすれば、あの女はフェンストンに雇われた絵の回収役なのか、それともほかのだれかの手先だろうか？

ホテルのポーターがくれた地図は、中心部はやけに詳しかったが郊外は無視されていたので、通り向うのキオスクで『ブカレストのすべて』というガイドブックを買った。アンナの母親が住むベルチェニ地区の説明は一行もなかったが、巻末のより大きな折込み地図には親切にもレシテイ広場が載っていた。左下隅の縮尺と並べたマッチ棒の助けを借りて、アンナの生家まではホテルから北へ約六マイルの距離に違いないと見当をつけた。

最初の三マイルは歩くことにした。運動も必要だったが、自分が尾行探知テストのターゲットかどうかを確かめるチャンスでもあった。

ジャックは午前七時三十分にホテルを出て、速足で歩きだした。

アンナもまた、ベッドの下に赤い箱があると思うと目が冴《さ》えてしまい、眠れぬ夜を過ごした。たとえ数日間ではあっても、自分の計画に手を貸してもらうために、アントンにこんな不必要な危険を冒させることを、疑問に思い始めていた。彼らは学生に姿を見られる心配のない八時にアカデミーで会う約束をしていた。

　ホテルから出たとたんに、玄関前に駐車したおんぼろメルセデスの運転席のセルゲイが目に入った。いつから待っていたのだろうか？　彼が車から跳び出した。

「おはようございます、マダム」と、彼は赤い箱を車のトランクに戻しながら言った。

「おはよう、セルゲイ。これからアカデミーへ戻って、この箱を置いて来たいの」セルゲイが頷《うなず》いて、車のドアを開けた。

　大学通りに向かう車中で、アンナはセルゲイに妻がいること、結婚して三十年以上になること、一人息子が軍隊にいることなどを知った。わたしの父に会ったことはあるのかと訊《き》こうとしたとき、アカデミーの階段の最下段に立って、心配顔でそわそわしているアントンの姿が見えてきた。

　セルゲイが車を停めて跳び下り、トランクから木箱を下ろした。

「これがそうかい？」アントンが疑わしそうに箱を見ながら訊いた。アンナが頷いた。アントンは木箱を持って階段を上がるセルゲイに追いついて、ドアを開けてやり、やがて二人とも建物の中に消えた。

　アンナは数分おきに時計を覗《のぞ》き、何度も階段のほうを振り返った。彼らは数分間その場を離れただけだが、なぜか独りで残されたような気がしなかった。早くもフェンストンの追手が見張っているのだろうか？　ファン・ゴッホの所在を嗅《か》ぎつけたのだろうか？　ようやく二人の男たちが別の木箱を持って戻って来た。箱のサイズはまったく同じだったが、小割板にはいかなるマークも見当たらなかった。セルゲイが新しい箱をトランクに積み込み、蓋《ふた》を閉めて運転席へ戻った。

「ありがとう」アンナはアントンの両頬にキスをした。

「きみの留守中、ぼくはよく眠れそうもないよ」と、アントンが呟《つぶや》いた。

「三日後、遅くとも四日後には戻るわ」と、アンナが約束した。「そしたらすぐに絵を引き取るから、このことはだれにも知られずに済むわ」彼女はバックシートに乗り込んだ。

セルゲイの車が走りだすと、彼女は後ろの窓から、不安そうな表情でアカデミーの階段の最下段に独りぽつんと立っているアントンの姿をみつめた。彼にこの仕事がこなせるだろうか、と思いながら。

ジャックは一度も振り返らなかったが、最初の一マイルを歩いたところで、大きなスーパーマーケットに入り込んで柱のかげに隠れた。そして女が通り過ぎるのを待った。しかし女は通り過ぎなかった。アマチュアなら、通り過ぎるときに中を覗きたい誘惑に勝てず、店内に入り込みさえするかもしれない。女に疑われるだろうと考えて、あまり長居をしなかった。ベーコン・アンド・エッグ・バゲットを買って通りに戻った。朝食をとりながら、なぜ自分が尾行されているのだろうと考えた。女はだれに雇われているのか？　どんな指示を受けているのか？　彼を尾行すればアンナに辿《たど》りつけると思っている、つまり彼は逆監視——すべてのFBI捜査官が口には出さないが内心恐れていること——のための選ばれたターゲットなのか？　それともたんに影に怯《おび》えているだけなのか？

市の中心部をはずれると、立ち止まって地図を見た。急いで脱出する必要があるかもしれないベルチェニ地区では、タクシーがつかまらない恐れがあるので、そのあたりでタクシーを拾うことに決めた。タクシーに乗れば尾行を撒《ま》くのも容易だろう。市の中心部から外に出てしまえば、黄色いタクシーは目立ちやすくなるからである。ふたたび地図を確かめて次の角を左折し、振り返りもせず、商店の一枚ガラスのウィンドウを覗きもしなかった。相手がプロなら、それで百パーセントばれてしまう。彼はタクシーを停めた。

アンナは運転手に——今やセルゲイは専属の運転手だった——前日行ったアパートへ今日もまた連れて行くよう指示した。できれば母親に電話して、行く時間を知らせておきたかったが、エルザ・ペトレスクは電話嫌いなので、無理な相談だった。電話はエレベーターと同じで、故障してもだれも修理に来てくれないし、いずれにせよ不必要に金がかかる、といつか言っていたことがあった。母親は六時には起きて、すでに塵《ちり》ひとつない部屋をさらに念入りに掃除しているに違いなかった。

レシテイ広場の草ぼうぼうの小道のはずれに車が停まると、アンナは一時間ほどしたら戻る、次の行先はオトペニ空港だと運転手に告げた。セルゲイは頷いた。

一台のタクシーが近づいて停まった。ジャックは運転席側へ回って、窓を下ろすよう手で合図した。

「英語を話せるか？」

「少しなら」運転手はためらいがちに答えた。

ジャックは地図を拡《ひろ》げてレシティ広場を指さしてから、客席に乗り込んだ。運転手はまさかというように眉《まゆ》をひそめ、ジャックの顔を見て念を押した。ジャックは頷いた。運転手は肩をすくめて、いまだかつて観光客からは命じられた経験のない行先に向かって走りだした。

タクシーが中央車線に出ると、運転手も客もバックミラーを覗いた。もう一台のタクシーが後ろに続いていた。客の姿は見えなかったが、どのみち女は助手席には乗らないだろう。とすると彼女を撒《ま》くことに成功したのか、それともバックミラーに映っている三台のタクシーのどれか一台に乗っているのか？　女はプロだから、間違いなくどのタクシーかには乗っていて、しかも彼の行先を知っていそうな気がした。

ジャックはどんな大都市にも荒廃した地区があることは知っていたが、ベルチェニほどひどい一画は見たことがなかった。陰気なコンクリートの高層建築が、荒れ果てたスラムとしか言いようがない街のいたるところに雑然と建っていた。落書きでさえ、ハーレムでは眉をひそめられそうな代物《しろもの》だった。

ジャックが、年間に二台ものタクシーを見ることは珍しい通りの、数ヤード先の歩道ぎわに駐《と》まっている黄色いメルセデスに気がついたとき、彼のタクシーはすでに減速し始めていた。

「停まるな」ジャックが命令したが、タクシーはなおも減速を続けた。彼は運転手の肩を小突き、前方に激しく手を振って走り続けるよう合図した。

「しかしお客さんが指定した場所はここですよ」と、運転手が言い張った。

「いいから停まるな」と、ジャックが怒鳴った。

運転手は怪訝《けげん》な表情で肩をすくめると、スピードを上げて駐まっているタクシーを通過した。

「次の角を曲がってくれ」ジャックは左を指さした。運転手は頷いたが、ますます当惑顔で次の指示を待った。「逆方向へ戻って」ジャックはゆっくりと言った。「道のはずれで停めてくれ」

運転手は、怪訝な表情のまま、何度もジャックのほうを振り向きながら、新たな指示に従った。

車が停まると、ジャックは外に出て、ヘマをしでかした自分を呪《のろ》いながら、角のほうへゆっくり歩き出した。女はどこだ。明らかに女は彼と同じミスを犯してはいなかった。アンナがすでにここに到着しているかもしれないことを、そして彼女の交通手段はタクシーしかないことを予想すべきだったのだ。

ジャックは、アンナが母親を訪問中の灰色のコンクリートの建物を見上げて、ウェスト・サイドにある一寝室しかない自分の狭いアパートについて、もう二度と不平は言うまいと心に誓った。アンナがその建物から出て来るまでさらに四十分待たなくてはならなかった。彼女が自分のタクシーに戻るまで、彼はじっとその場を動かなかった。

ジャックは自分のタクシーに跳び込んで、慌《あわ》てて前方を指さしながら言った。「あのタクシーを追うんだ、ただし道が混み始めるまでは間隔を詰めるな」運転手が指示を理解したのかどうか、確信はなかった。タクシーは枝道から大通りに出た。ジャックが何度も運転手の肩を叩《たた》いて、「抑えて」と繰りかえしたにもかかわらず、二台の黄色いタクシーがから空きの道路を前後して走行するさまは、さながら砂漠を行く二頭のラクダのように目立ったに違いなかった。ジャックはまたしても自分のミスを呪った。もう素人《しろうと》でも尾行に気がついているだろう。

「尾行に気がついてますか?」と、タクシーを発進させながらセルゲイが訊いた。

「いいえ、でも別に驚かないわ」とアンナは答えたが、セルゲイの言葉で最悪の不安が現実となった今、同時に寒気と吐気に襲われた。「どんなやつだった?」

「ちらと見ただけです。三十から三十五歳くらいの男で、痩《や》せ型、黒い髪、残念ながらそれぐらいしかわかりません」すると、ストーカーは女だと考えたティナは間違っていたんだわ、とアンナは反射的に思った。「やつはプロですね」と、セルゲイが付け加えた。

「どうしてわかるの？」と、アンナが心配そうに尋ねた。

「タクシーがわたしの車を通過したとき、振り向きもしなかったからです。いいですか、やつは法のどっち側の人間かわかりませんよ」セルゲイがバックミラーを覗くのを見て、アンナは身震いした。「われわれを尾行していることはもう間違いありません。だが振り返っちゃだめですよ、尾行に気がついたことがばれてしまいますから」

「どうもありがとう」

「やっぱり空港へ行きますか？」

「仕方がないわ」

「撒くのは簡単ですが、そうするとあなたが尾行に気づいたことがばれてしまいます」

「撒いたって無意味よ」と、アンナは答えた。「敵はすでにわたしの行先を知っているもの」

ジャックはこのような緊急事態に備えて、常にパスポートと財布とクレジット・カードを身につけて持ち歩く習慣だった。「しまった」空港の標識が目に入り、開けないままホテルの部屋に残して来たスーツケースを思いだしたとき、思わず舌打ちした。ほかにも三、四台のタクシーがオトペニ空港の方角へ走っていた。女はどのタクシーに乗っているのだろうか、それともすでに空港に到着して、アンナ・ペトレスクと同じ便への搭乗手続を済ませているのだろうか、とジャックは考えた。

アンナはオトペニ空港のはるか手前でセルゲイに二十ドル札を一枚渡して、帰りの便名を伝えた。

「また迎えに来てもらえるかしら?」

「もちろん」セルゲイは国際線ターミナル前に車を停めて答えた。

「まだ尾行は続いている?」

「ええ」セルゲイは答えて車から下りた。

ポーターがやって来て、木箱とスーツケースをカートに積むのを手伝った。

「ここでお帰りを待ちます」セルゲイはアンナがターミナル内へ姿を消す前に約束した。

ジャックのタクシーは黄色いメルセデスの後ろで急停車した。彼は車から跳び下りて、十ドル札をひらひらさせながら運転席の窓に駆け寄った。セルゲイが窓を下ろして、差し出された金を受け取った。ジャックが笑みを浮かべた。

「今下りた客の行先を知ってるかね？」

「知ってるとも」セルゲイは濃い口髭《くちひげ》を撫《な》でながら答えた。

ジャックが十ドル札をもう一枚取り出すと、セルゲイがにんまりしながらポケットにしまった。

「さあ、行先はどこだ？」

「外国だよ」セルゲイはギヤをファーストに入れて車を発進させた。

ジャックは悪態をついて自分のタクシーに駆け戻り、料金を払って――三ドルだった――急いで空港内に入った。立ち止まって四方八方に目を配った。間もなくチェックイン・カウンターを離れて、エスカレーターのほうへ向かうアンナの姿が目に入った。彼女が視界から消えるまでその場を動かなかった。やがて彼がエスカレーターの終点に達したとき、彼女はすでにカフェにいた。あらゆる出来事、あらゆる人間に目配りできる奥の一隅に腰を下ろしていた。彼自身が尾行されているばかりか、今や自分が尾行している相手にまで見張られている始末だった。下手をすると、クォンティコで、容疑者を尾行するさいにやってはいけないことの教材にされかねなかった。

彼は一階に戻って出発便案内板をチェックした。この日のブカレスト発の国際便は五便しかなかった。モスクワ、香港《ホンコン》、ニューデリー、ロンドン、ベルリン行である。モスクワ便は四十分後の出発なのに、アンナはまだカフェにいるので除外した。ニューデリー便とベルリン便は夕方の出発だったし、香港便も出発まで二時間弱だが可能性はなさそうだったのに反して、ロンドン便の出発は香港便の十五分後だった。となるとロンドン便に違いないとは思ったが、万にひとつも危険を冒せなかった。そこで香港便とロンドン便の両方のチケットを買うことにした。もしも彼女が香港便の出発ゲートに現われなかったら、ヒースロー便に乗ることにする。アンナのもう一人の追跡者も同じ選択肢を考えているのだろうかと考えた。もっとも女はすでにアンナの乗る便を知っているような気がしないでもなかったが。

ジャックは両方のチケットを購入して、荷物は一個もないことを二度にわたって説明すると、定点監視のためにゲート33へ直行した。ゲートに到着すると、ゲート31でモスクワ便の出発を待つ乗客に混ってシートに腰を下ろした。一瞬、ホテルへ戻って荷物を運びだし、ホテル代を払ってふたたび空港に戻ろうかという考えが、ちらと頭に浮かんだが、荷物を失《な》くすのと獲物を見失うのとどっちを取るかとなれば、選択の余地はないに等しかった。

ジャックは携帯からブカレスト・インターナショナルの支配人に電話をかけて、詳しい説明抜きであることを頼んだ。荷物をフロントで預っておいて欲しいと頼まれた支配人の、狐《きつね》につままれたような表情が目に見えるようだった。しかし、請求書の金額に二十ドル加えるのはどうかという提案が、次の答を引き出した。「わたしが自分でやりましょう」

ジャックはアンナが空港を囮《おとり》に使っているだけで、実際はブカレスト市内へ戻って赤い木箱を受け取る計画なのではないかと考えた。確かに彼女の運転手を追跡した彼のやり方は、とてもプロとはいえないぶざまなものだった。しかし、もしも彼女が尾行されていることに気づいたとすれば、そこはアマチュアらしく、とりあえずできるだけ早く尾行者を撒こうとしていただろう。だれかを撒くためにこんな回りくどい手を考えるのはプロだけだ。アンナがプロで、今なおフェンストンのために働いている可能性はあるだろうか？　もしそうだとしたら、追われているのは彼のほうなのか？

アンナがゆったりした足どりで通り過ぎるとき、モスクワ行三二一便はすでに搭乗を開始していた。彼女はくつろいだ様子で、香港行キャセイ・パシフィック航空〇一七便の搭乗を待つ乗客の間に腰を下ろした。それを見て、ジャックは目立たないようにコンコースに戻り、隠れて〇一七便の最終コールを待った。そして四十分後に、三たびエスカレーターで上に登った。

三人が三人とも、時間をずらして香港行ボーイング747機に乗り込んだ。一人はファースト・クラス、一人はビジネス、そして残る一人はエコノミーだった。

九月十七日

30

「お邪魔して申訳ありません、奥様。シンプソン・アンド・シンプソンから書類の入った大きな箱が届きましたが、どこへ置けばよろしいでしょうか？」

アラベラはペンを置いて、ライティング・デスクから顔を上げた。「アンドルーズ、わたしがまだ子供で、あなたが執事見習いだったころを覚えているかしら？」

「はい、覚えております」アンドルーズはやや怪訝《けげん》そうな口調で答えた。

「毎年クリスマスには〝宝探し《ハント・ザ・パースル》〟というゲームをして遊んだわね？」

「そうでした、奥様」

「ある年のクリスマスに、あなたはチョコレートの箱を隠したわ。ヴィクトリアとわたしは午後いっぱいかけて探したけれど、どうしても見つけられなかった」

「ええ。ヴィクトリア様はわたくしがチョコレートを食べたとおっしゃって、泣き出してしまわれました」

「それでもあなたは隠し場所を教えなかったわ」

「おっしゃる通りです、奥様。ですが正直に申しますと、お父上が隠し場所を教えなかったら六ペンスやるぞとお約束なさったのです」

「なぜそんなことをしたのかしら？」

「お父上はお二人がチョコレート探しに夢中なら、邪魔される心配なしにクリスマスの午後を静かに過ごして、ポートと葉巻をゆっくり楽しめるとお考えになったのですよ」

「でもチョコレートは結局見つからなかったわ」

「そしてわたくしは結局六ペンスをいただけませんでした」

「チョコレートをどこへ隠したか、今でも覚えているかしら？」

アンドルーズはしばらく考えていたが、やがて顔をほころばせた。

「はい、奥様。そしてわたくしの知る限り、チョコレートは今もそこにあるはずです」

「よかった。なぜかと言うと、シンプソン・アンド・シンプソンから届いた箱を、それと同じ場所にしまって欲しいからなの」

「おっしゃる通りにいたしましょう」アンドルーズは女主人の意図するところを承知

しているかのような表情で答えた。

「そして次のクリスマスにわたしがそれを探しても、絶対に隠し場所を教えないでね、アンドルーズ」

「そうすれば今度も六ペンスいただけるんでしょうね、奥様?」

「一シリングあげるわ」と、アラベラは約束した。「ただしその隠し場所がだれにもわからなかったら、という条件付きよ」


アンナはエコノミー・クラス後列の窓際《まどぎわ》の席を占めた。フェンストンが送った追手の男がこの飛行機に乗っているとしても――おそらく乗っているだろう――少くとも今はどんな危険が待ち受けているかを知っていた。アンナはその男のことを考え始めた。わたしがブカレストへ行くことをどうやって知ったのか。母の住所をどうやって知ったのか、そしてわたしの次の目的地が東京であることをすでに知っているのだろうか?

チェックイン・カウンターから、セルゲイのタクシーに駆け寄って窓を叩《たた》くところを見た男は、セルゲイは明らかに客と思ったようだが、タクシーに乗ろうとしたわけではなかった。行先がばれてしまったのは、ティナにかけた電話のせいだろうか？　親友が裏切るはずはないと信じていたから、電話から足がついたとすれば、ティナはなにも知らずに共犯者にされたのに違いなかった。リープマンがティナの電話を盗聴するぐらいならまだしも、盗聴だけでは済まないことも充分に考えられた。

電話が盗聴されているかどうかを確かめるために、最後の二回の通話では餌《えさ》を撒《ま》いておいたが、敵はそれに食いついたのに違いなかった。うちへ行く、これから行く先には、そういうタイプがいくらでもいる、の二つだった。この次はフェンストンの手下を全然見当違いの方向へ誘導する餌を撒くとしよう。

◎

ジャックはビジネス・クラスのシートでダイエット・コークを飲みながら、過去二日間の出来事を整理しようとしていた。単独で行動するときは常に最悪のシナリオに備えよと、指導教官は新人の一人一人に、耳に胼胝《たこ》ができるほど繰りかえし教えたものだった。

彼は筋道立てて考えようとした。今自分は六千万ドルの名画を盗んだ女を追っているが、女はその絵をブカレストに残して来たのか、それとも香港《ホンコン》でだれかに売るつもりで新しい木箱に入れ替えたのか？　次にアンナを追っているもう一人の人間のことを考えた。そのほうが説明は簡単だった。もしもペトレスクが絵を盗んだのだとすれば、この女は明らかにフェンストンに雇われた追手で、絵の所在を発見するまで彼女を追跡することになる。しかし女はなぜいつもアンナの行先を知っているのか？　そして今は彼もアンナを追っていることに気づいているのか？　それからファン・ゴッホに追いついたら、どうしろと指示されているのか？　ジャックは自分のミスを償うには、常に二人より一歩先を行き、なんとかしてそのリードを保ち続けるしかないと考えた。

彼は後輩の捜査官たちに、常々警戒を怠ってはならないと警告してきた罠《わな》に、自分でかかってしまったことに気がついた。それは容疑者が無実だと思い込まされる罠だった。無実か否《いな》かを決めるのは陪審である。捜査員は常に容疑者は有罪であると仮定してかかる必要があり、それが裏目に出ることはきわめて稀《まれ》である。容疑者が魅力的な女性である場合の心得を、教官から教えられた記憶はなかった。もっともFBIの訓練マニュアルには、「捜査官はいかなる場合にも捜査対象の人間と個人的な関係を持ってはならない」という一項はあるのだが。そしてこの項目は一九九九年に議会の指示に従って、「捜査対象の人間」が時代に即応するように「捜査対象の男性または女性」と改められた。

だがアンナがファン・ゴッホをどうするつもりなのかは、ジャックには依然謎《なぞ》だった。かりに香港で売るとしても、そんな巨額の金をどこに預けるつもりなのか？　そして犯罪で手に入れた大金をなにに使うつもりなのか？　彼女が一生ブカレストに住むつもりだとはとうてい思えなかった。

やがて彼は、彼女がウェントワース・ホールを訪ねていることを思い出した。


クランツはファースト・クラスに一人で坐《すわ》っていた。常にファースト・クラスを利用するのは、どの飛行機にも最後に乗って最初に下りられるからで、とりわけ狙《ねら》いをつけた犠牲《いけにえ》の行先がはっきりわかっている場合は好都合だった。

しかし今は自分のほかにもペトレスクを追っている人間がいることに気がついていたので、なおのこと用心しなければならなかった。結局、一人でも、人が見ている前でペトレスクを殺すわけにはいかなかった。

クランツは、あの長身の髪の黒い男は何者で、だれの指示で動いているのだろうかと首を捻《ひね》った。フェンストンがわたしを監視させるために別の人間を送り込んだのか、それとも彼は外国政府の手先なのか？　だとしたらどこの国か？　ルーマニアかアメリカに違いなかった。彼が黄色いタクシー相手にひどいヘマをしでかす前にも後にも、その存在に気がつかなかったところを見ると、疑いもなくプロだった。おそらくアメリカ人だろう。アメリカ人であって欲しかった。彼を殺さなければならないとしたら、それは思わぬ儲《もう》けものだからである。

クランツは香港への長いフライトの間緊張しっぱなしだった。モスクワで彼女を教えた教官は、通常集中力は四日目で途切れる、と繰りかえし教えていた。明日がその四日目だった。

九月十八日

31

「乗継ぎのお客様は……」

「ぼくが知りたいのはそれだけだ」と、ジャックが独り言を言った。

「なにをお知りになりたいですって？」と、耳ざといスチュワーデスが尋ねた。

「乗継ぎだよ」

「最終目的地はどちらですか？」

「それがわからなくて困っている。候補地は？」

スチュワーデスが笑い出した。「もっと東をお望みですか？」

「そのほうが理に適《かな》っている」

「でしたら東京、マニラ、シドニー、オークランドが候補です」

「ありがとう」ジャックはそれじゃなんの役にも立たないと思いながらも、声に出して付け加えた。「香港《ホンコン》で一泊すると決めたら、パスポート審査を受けなくてはならないが、乗継ぎなら……」

スチュワーデスはなおも調子を合わせてくれた。「飛行機から下りると、荷物受取りまたは乗継ぎへ誘導するわかりやすい標識が出ています。荷物は終点まで通しでチェックインしましたか、それともいったん受け取りますか？」

「荷物はないんだ」ジャックは白状した。

スチュワーデスは頷《うなず》いて笑《え》みを浮かべ、もっとまともな乗客の相手をするために立ち去った。

ジャックは、飛行機から下りたら、アンナの次の動きを監視する一方で、彼女のもう一人のストーカーには姿を見られないようにしなければならず、その両方を可能にする観察地点を探すためには、急いで行動する必要があることに気がついた。

飛行機がスムーズに赤鱲角《チェク・ラプ・コク》空港へと降下する間、アンナは上の空で窓の外を眺めていた。数年前に初めて香港に到着したときの経験はおそらく一生忘れられないだろう。最初はごくふつうのアプローチのように思えたが、最後の瞬間に、パイロットは予告なしに急激に機体を傾けて、一直線に山に向かった。続いて市の高層ビルの間を降下して、初めて香港に着陸する乗客の度胆《どぎも》を抜いてから、まるで一九四四年の戦争映画のオーディションでも受けているかのように、やっと九龍《カオルーン》の短い滑走路にどすんと着陸したものだった。機体が停止すると同時に、何人かの乗客が拍手をした。新しい空港では同じ体験を繰りかえさずに済むことにほっとした。

時計を見た。到着は二十分遅れていたが、乗継ぎ便の出発は二時間後の予定だった。その待ち時間を利用して、まだ一度も行ったことがない東京のガイドブックを買うつもりだった。

飛行機がターミナルのゲートで停止すると、ほかの乗客が頭上のロッカーから荷物を取り出すのを待ちながら、ゆっくりと通路を進んだ。フェンストンの手先の男に一挙手一投足を見張られているのだろうかと、周囲を見回した。冷静を装《よそお》っていたが、実際は男たちが自分のほうを見るたびに、心搏数《しんぱくすう》は百を超えていたに違いなかった。敵はきっと先に飛行機から下りて待っているだろう。彼女の最終目的地さえすでに知っているかもしれなかった。ティナへの次の電話のときに、追手を見当違いの方向へ誘導するために撒《ま》く贋《にせ》情報をすでに決めていた。

飛行機から下りて案内標識を探した。長い廊下のはずれで、矢印が乗継ぎ客を左へ誘導していた。アンナは右へ曲がる大多数の乗客と別れて、次の目的地へ向かう数人の旅行者の群に加わった。
乗継ぎエリアに入ると、足止めを食った客に外国通貨を費《つか》わせようとして待ち伏せしている、スウォッチの流行よりもなお若い空港のネオン街が彼女を迎えた。アンナは店から店へと渡り歩いて、最新流行のファッション、電子機器、携帯電話、宝石などを見て回った。いつもなら買う気になりそうな商品がいくつか目に付いたが、今は手持ちの金が乏しいので、入ったのは外国の新聞や最新のベストセラー——数か国語の——を並べている本屋だけだった。旅行案内書の棚の前に立つと、アゼルバイジャンからザンジバルにいたるあらゆる地域のガイドブックが何段にも並んでいた。日本のセクションに目を向けると、棚一段がまるまる東京のガイドブックで占められていた。《ロンリー・プラネット》の日本案内と、ベルリッツの東京ミニガイドを手に取ってページをめくり始めた。

ジャックは獲物の姿がはっきり見える通路の反対側の電気店に入った。彼女が旅行書と書かれた大きな多色刷りの案内板の下に立っていることだけはわかった。できればもっと近付いて、彼女が熱心にページをめくっている本のタイトルを確かめたかったが、そんな危険は冒せないことを知っていた。彼女の注意を独占しているのはどこの国かと、配列順に棚を観察し始めた。

「なにかお探しですか?」と、カウンターの中の若い女が声をかけてきた。

「双眼鏡はないだろうな」と、ジャックはアンナから目を離さずに答えた。

「ありますよ。このモデルはいかがですか? 今週の特価品で、現品限りですが、九十ドルの品が六十ドルとお安くなっております」

ジャックが振り返ると、女店員は背後の棚から双眼鏡を下ろしてカウンターに置いた。

「ありがとう」ジャックはそれを手に取ってアンナにピントを合わせた。

彼女はまだ同じ本をめくっていたが、書名は読み取れなかった。

「最新モデルを見せてもらえないかな」ジャックは特価品をカウンターに戻して言った。「百メートル先から道路標識が読めるようなやつを」

店員は腰をかがめて陳列キャビネットの鍵《かぎ》を開け、別の双眼鏡を取り出した。

「これはライカの最高級品で、12×50です。向いのカフェで出すコーヒーのラベルだって読めますよ」

ジャックは書店にピントを合わせた。アンナはそれまで読んでいた本を棚に戻して、隣りの本を抜き取るところだった。店員の言う通り、それは最高級品だった。彼女が関心を示している棚の上の、日本、そして東京という文字まで読み取れた。彼女は本を閉じて微笑を浮かべ、カウンターに向かった。順番を待つ間に《ヘラルド・トリビューン》も手に取った。

「いいでしょう?」と、店員が言った。

「すばらしい」ジャックは双眼鏡をカウンターに戻した。「ただ、残念ながら予算オーヴァーだ。ありがとう」彼は礼を言って店を出た。

「変だわ」女店員はカウンターの中の同僚に言った。「わたしは値段を言わなかったのに」

アンナが列の先頭に達して、本と新聞の代金を払っているときに、ジャックは反対方向へ向かった。そしてコンコースのはずれの別の列に並んだ。

順番が来ると、東京行のチケットを申し込んだ。

「はい、どのフライトでしょう——キャセイ・パシフィック、それともジャパン・エアラインズですか?」

「出発時間は?」

「ジャパン・エアラインズは四十分後の出発で、間もなく搭乗開始です。キャセイ三

○一便のほうは出発まで一時間三十分あります」
「ジャパン・エアラインズにしよう。ビジネス・クラスを頼む」

「荷物は何個チェックインなさいますか？」

「手荷物だけだ」

発券係はチケットを印刷し、パスポートをチェックして言った。「ゲート71へどうぞ、ミスター・ディレイニー、間もなく搭乗開始です」

ジャックはコーヒー・ショップのほうへ戻った。アンナはカウンターに坐《すわ》って、買ったばかりの本に熱中していた。彼女の視線を避けるためにさらに用心した。もう彼女は尾行に気づいている、と確信したからである。ジャックはふだんなら入らないような店でいくつか買物をして、それから数分間を過ごした。どれもみな、コーヒー・ショップの隅のスツールに腰かけている女のおかげで必要になったものばかりだった。

結局機内持込みが許されるオーヴァーナイト・バッグ、ジーンズ、ワイシャツ四枚、ソックス四足、パンツ四枚、ネクタイ二本（特価品）、髭剃《ひげそ》りパック、シェーヴィング・クリーム、アフターシェーヴ、石鹸《せっけん》、歯ブラシ、練り歯磨きを買い込むはめになった。薬局の店内に止《とど》まってアンナの次の動きを待った。

「東京行ジャパン・エアラインズ四一六便の最終コールです。ただちにゲート71へお急ぎください」

アンナがまた一ページめくったので、ジャックは彼女が一時間後に出発するキャセイ・パシフィックのチケットを買ったに違いないと判断した。今度は彼がアンナを待つことになる。オーヴァーナイト・バッグを引っ張りながらゲート71の標識に従って進んだ。ジャックは最後に飛行機に乗り込んだ客の一人だった。

アンナは時計に目をやり、コーヒーをもう一杯注文して、《ヘラルド・トリビューン》を読み始めた。紙面には九月十一日の余波に関する記事が溢《あふ》れていて、大統領の出席のもとにワシントンDCで行われた追悼式の様子が報じられていた。アンナの親《しん》戚《せき》や友人たちはいまだに彼女が死んだものと信じているのか、それともたんに行方不明になっただけと考えているのだろうか？　ロンドンで彼女を見かけたというニュースは、すでにニューヨークまで伝わっているだろうか？　明らかにフェンストンは、少くともファン・ゴッホを手に入れるまでは、依然として彼女が死んだものと周囲に思わせたがっていた。その状況は東京で一変するだろう、もしも――なにかの気配を感じて顔を上げると、ふさふさした黒い髪の若い男が自分をみつめているのに気がついた。男は急いで目をそらした。彼女はさっとスツールから下りて、一直線に男に近づいて行った。

「もしかして、わたしを尾行しているの？」と、彼女は詰問《きつもん》した。

男は驚きの表情を浮かべてアンナを見た。「いや《ノン》、違いますよ、マドモワゼル、でもぼくと一杯つきあってもらえませんか？《メ・プウテートル・ヴーレ・ヴウ・プランドル・アン・ヴェール・アヴェク・モア》」

「最初の呼出しをいたします……」

アンナがフランス人に詫《わ》びて、勘定を払い、ゆっくりとゲート69へ向かうのを、もう一対の目もまたじっと見守っていた。

クランツは機内に乗り込んだところでやっと彼女から目を離した。

クランツはCX三〇一便に最後に乗り込んだ乗客の一人だった。機内に入ると、左に曲がっていつもの前列の窓際《まどぎわ》の席に着いた。アンナがエコノミー・クラスの後ろのほうに乗っていることは知っていたが、アメリカ人らしき男がどこにいるかは知らなかった。この便に乗り遅れたのか、それともペトレスクを探して香港の街をさまよっているのだろうか？

32

ジャックの飛行機は三十分遅れで東京、成田国際空港に到着したが、それでもまだ太平洋上三万フィートの上空にいるはずの二人の女たちよりは一時間先行していたので、心配はしていなかった。税関を通り抜けると、まず案内デスクに立ち寄って、キャセイ・パシフィックの到着予定を尋ねた。到着は四十分少々先だった。

彼は振り返って到着ゲートのほうを向き、ペトレスクは税関を通ってからどの方向へ向かうだろうかと考えた。市内への足はなにを利用するのだろう？　タクシー、電車、それともバス？　わずか五十ヤードの距離を進む間に、どれにするか決めなければならないだろう。まだ木箱を持っているとすれば、タクシーに乗る公算が大だった。

ジャックは考えられるすべての出口をチェックしてから、東京三菱銀行のブースで五百ドルを両替して、五万三千八百六十八円を受け取った。高額紙幣を財布にしまって到着ホールに戻り、到着したばかりの乗客を出迎える人々を観察した。視線を上に向けると、左上に到着ホールを見下ろす中二階が見えた。歩いて階段を登り、そのスペースを観察した。狭いが理想的だった。壁に接して二つの電話ボックスがあり、二つ目のボックスの陰に立つと、相手からは見られずに到着客を見下ろすことができた。ジャックは到着便案内板をチェックした。CX三〇一便は二十分後に到着の予定だった。最後のひと仕事をする時間は充分にあった。

ターミナル・ビルを出て、ライト・ブルーの制服に白手袋の男が、タクシーだけでなく乗客も整理しているタクシー待ちの列に並んだ。自分の番が来ると、特徴のあるグリーンのトヨタの客席に乗り込み、道路の反対側に駐《と》めるよう指示して運転手を驚かせた。

「わたしが戻るまでここで待ってくれ」彼は新しいバッグをシートに残して付け加えた。「三十分、遅くとも四十分で戻る」そして財布から五千円札を取り出した。「メーターは倒していいぞ」運転手は頷《うなず》いたが、納得のいかない顔だった。

ターミナル・ビルに戻ると、ちょうどCX三〇一便が到着したところだった。彼は中二階へ戻って、二番目の電話ボックスの陰に身を潜めた。見覚えのあるキャセイ・パシフィックの緑と白のラベルのついた荷物を持って、先にドアから現われるのはどっちだろうと思いながら待った。ジャックが二人はおろか、一人の女性を空港に出迎えたのさえ、今では遠い昔だった。しかもブラインド・デートの相手を首尾よく見つけられるだろうか？

　ふたたび案内板の表示が変わった。ＣＸ三〇一便の乗客は荷物受取り所にいた。ジャックは神経を研ぎすました。長くは待たなかった。クランツが先にドアから現われた——その必要があった。しなければならない仕事があったからである。彼女は自分よりさほど背の高くない出迎えの日本人たちのほうへ歩を進めた。人垣の後ろに身を潜めたところで初めて振り返った。立ち去る人々と新たに到着した人々が入れ替わるにつれて、ときおり辛抱強い人垣がゆるやかな波のように動いた。クランツは人目につかないように、その波とともに動いた。だが髪の黒い人種に一人だけ混ったブロンドのクルー・カットは、ジャックの仕事をずっと容易にした。もしも彼女がアンナを尾行すれば、どっちが彼の敵かがはっきりする。

　ジャックはブロンドをクルー・カットにした、背の低い、瘦《や》せ型で筋肉質の女を見張りながら、何度も振り返っては、緑と白のラベルが着いた荷物を持って、数人ずつまとまってドアから現われる到着客をチェックした。ブロンドが中二階を見上げないことを祈りながら、用心深く一歩前に出たが、彼女は脇目《わきめ》もふらずに次々に現われる到着客を見張り続けていた。

　彼女もまた、アンナが空港を出るときのルートは三つのうちのどれかだと考えたに違いなく、獲物がどのルートを選んでもすぐに襲いかかれる戦略的な場所に身を置いていた。

ジャックは内ポケットに片手を滑り込ませて、サムスン製の最新型の携帯電話を取り出し、蓋《ふた》を開けて眼下の人垣にカメラを向けた。最初は女の顔が見えなかったが、やがて一人の老人が到着した客に挨拶《あいさつ》するために前に出たので、一瞬女の顔が丸見えになった。カシャッ、シャッターを切ったとたんにふたたび顔が視界から消えた。ジャックはなおもドアを通って現われる新しい到着客に、絶えず視線を切り換えた。次に女に視線を戻したとき、一人の母親がじっとしていない子供を抱き上げるために腰をかがめたので、ふたたび女の顔が丸見えになった。カシャッ、とたんに先程と同じく、女はとつぜん視界から消えた。ジャックが振り返ったちょうどそのとき、アンナがスウィング・ドアを通って姿を現わした。二枚の写真のどちらかで、資料室は女の身許《みもと》を特定できるだろうと考えて、携帯を折りたたんだ。

スリムなブロンドのアメリカ女性が、スーツケースと木箱を積んだカートを押して到着ホールに出てきたとき、顔をそむけたのはジャックだけではなかった。ペトレスクが立ち止まって上を見上げたので、彼は物陰に引っ込んだ。彼女が見上げたのは出口の案内板だった。右方向に向かった。タクシーだ。

ジャックは、ペトレスクも順番待ちの長い列に並ばなければタクシーに乗れないことを知っていたので、女二人がターミナル・ビルから外へ出るまで待って中二階から下りた。ようやく一階へ下りると、回り道をしてタクシーまで戻った。まずホールの端まで行って歩道に出た。停車中のバスの陰に隠れて地下駐車場に下り、二番目の車の列に沿って進んで、駐車場の反対側の端から地上に出た。グリーンのトヨタがエンジンをかけたまま、メーターを倒して待っているのを見てほっとした。客席に戻って運転手に話しかけた。「タクシー待ちの列の七番目に、クルー・カットのブロンドの女がいるだろう。彼女のあとをつけてくれ。気付かれないように頼む」

ジャックの視線は列の五番目にいるペトレスクに戻った。彼女は自分の番が来ると、タクシーに乗り込まずに、ゆっくり歩いて列の最後尾に戻った。頭のいい女だ、とジャックは思った。クルー・カットはどう反応するかと見守った。彼女がタクシーに乗り込み、タクシーが角を曲がって見えなくなっても、彼は運転手の肩を叩《たた》いて「まだ動くな」と指示した。わずか数ヤード先の横道に入ってタクシーを停め、ふたたびペトレスクが現われるのを待つことがわかっていたからである。やがてふたたびペトレスクが列の先頭に達した。ジャックは運転手の肩を叩いて言った。「あの女をつけてくれ。充分に間を空けて、ただし見失わないように頼む」

「しかしさっきの女とは別人ですよ」と、運転手が不思議そうに言った。

「わかってる。計画変更だ」

運転手は解《げ》せない顔だった。日本人は「計画変更」を理解できないらしい。

ペトレスクのタクシーが彼の前を通過して高速道路に乗り入れると、そっくり同じ別の車が脇道から出て来て、タクシーの後ろに回り込むのが見えた。今度こそついにジャックは追われる立場ではなく、追う立場になった。

ジャックは今回初めて、成田空港から車で都心へ向かう人間のだれしもが当り前のことと諦《あきら》めている、果てしない交通渋滞に感謝した。おかげで二人を見失うことなしに、適当な間隔を保つことができた。

一時間後、ペトレスクのタクシーは銀座のホテル西洋銀座の前で停まった。ベルボーイが荷物を運ぶためにやって来たが、木箱を目にしたとたんに同僚に合図して応援を頼んだ。ジャックはペトレスクと木箱が館内に消えてしばらく経《た》つまで、ホテルに入ろうとは思わなかった。だがクルー・カットはそうではなかった。彼女はすでに、階段とエレベーターが見通せて、レセプション・デスクからは死角になる、ロビーの奥の一隅に身を潜めていた。

ジャックは女の姿に気がつくと同時に、スウィング・ドアを通り抜けて中庭に出た。

ベルボーイがすっとんで来た。「タクシーのご用でしょうか?」

「いや、そうじゃない」彼は中庭の反対側にあるガラスのドアを指さして尋ねた。

「あれはなにかね?」

「ホテルのヘルス・クラブでございます」

ジャックは頷き、中庭の周辺伝いに進んで建物に入った。そしてヘルス・クラブの受付に近付いた。

「お部屋の番号を伺ってもよろしいでしょうか?」と、ホテルのトラックスーツを着た若い男が言った。

「忘れちゃったよ」と、ジャックは答えた。

「では、お名前をどうぞ?」

「ペトレスクだ」

「あ、はい、ペトレスク博士ですね」男はコンピューターのスクリーンを見ながら言った。「一一八号室です。ロッカーをお使いになりますか?」

「あとで。妻が来たときに頼むよ」

彼は中庭に面した窓際《まどぎわ》の席に腰を下ろして、アンナがふたたび姿を現わすのを待った。客待ちのタクシーが常時二、三台並んでいるので、彼女を尾行するのはさほどむずかしくないことに気がついた。しかし彼女が木箱を持たずに部屋から出て来たら、まだロビーに坐《すわ》っているクルー・カットが、彼の〝妻〟から箱の中身を回収する計画に着手することは疑いはなかった。

ジャックは辛抱強く窓際に坐って待つ間に、携帯を開いてロンドンのトムに電話をかけた。ロンドンが今何時かということは考えないことにした。

「今どこだ？」と、画面に〝善良なる警官《グッド・コップ》〟という名前が現われるのを見たトムが訊《き》いた。

「東京だよ」

「ペトレスクは東京でなにをしているんだ？」

「断言はできないが、貴重な絵を有名なコレクターに売りつけようとしているとしても驚かないね」

「もう一人、彼女につきまとっている人間は何者かわかったのか？」

「いや。しかし空港でその女の写真を二枚撮ったよ」

「よくやった」と、トム。

「これからその写真を送る」ジャックが携帯にコードを打ち込むと、その直後にトムの画面に二枚の画像が現われた。

「少しぼやけてるな」と、即座にトムが言った。「しかし資料室の連中が身許を特定できる程度に精度を上げてくれるだろう。ほかに情報は？」

「身長約五フィート、スリムな体型、クルー・カットにしたブロンド、水泳選手のような肩の持ち主だ」

「それで全部か？」と、トムがメモを取りながら訊いた。

「まだある。アメリカ人の顔写真との照合が済んだら、東ヨーロッパにも手を拡《ひろ》げてみてくれ。どうもロシア人か、もしかしてウクライナ人じゃないかという気がするんだ」

「ルーマニア人の可能性は？」

「やれやれ、おれはなんて間抜けなんだ」

「いやいや、二枚も写真を撮るほどの切れ者じゃないか。今までだれにも出来なかった芸当だし、写真はこの捜査で最大の突破口になるかもしれんぞ」

「ささやかな手柄をほめてもらってうれしいが、実を言うと二人ともぼくの存在に気がついているんだ」

「だったらこの女が何者か、できるだけ急いで調べなくっちゃ。地下の資料室の連中がなにか見つけしだい連絡するよ」

ティナはデスクの下のスイッチを入れた。隅の小さなスクリーンが明るくなった。フェンストンが電話中だった。ボスの専用電話に接続するスイッチを入れて、会話を盗み聞きした。

「おっしゃる通りでした」と、ある声が言った。「彼女は日本にいます」

「だとすると、おそらくナカムラと会う約束をしている。彼に関する詳細な情報はすべてきみのファイルの中にある。いいか、絵を手に入れるほうがペトレスクの始末より大切なことを忘れるな」

フェンストンが電話を切った。

ティナは声の主が会長の車に乗っていた例の女だと確信した。そのことをアンナに警告しなくてはならなかった。

そのとき、リープマンが部屋に入って来た。

J・アーチャー
永井淳訳
運命の息子（上・下）

非情な運命の手で、誕生直後に引き裂かれた双子の兄弟の波瀾万丈。知らぬ間に影響し合う二人の人生に、再会の時は来るのか……。

J・アーチャー
永井淳訳
ケインとアベル（上・下）

私生児のホテル王と名門出の大銀行家。典型的なふたりのアメリカ人の、皮肉な出会いと成功とを通して描く〈小説アメリカ現代史〉。

J・アーチャー
永井淳訳
百万ドルをとり返せ！

株式詐欺にあって無一文になった四人の男たちが、オクスフォード大学の天才的数学教授を中心に、頭脳の限りを尽す絶妙の奪回作戦。

K・グリムウッド
杉山高之訳
リプレイ
世界幻想文学大賞受賞

ジェフは43歳で死んだ。気がつくと彼は18歳――人生をもう一度やり直せたら、という窮極の夢を実現した男の、意外な、意外な人生。

J・グリシャム
白石朗訳
テスタメント（上・下）

110億ドルの遺産を残して自殺した老人。相続人に指定された謎の女性を追って、単身アマゾンへ踏み入った弁護士を待つものは――。

テリー・ケイ
兼武進訳
白い犬とワルツを

誠実に生きる老人を通して真実の愛の姿を美しく爽やかに描き、痛いほどの感動を与える大人の童話。あなたは白い犬が見えますか？

M・H・クラーク
宇佐川晶子訳

20年目のクラスメート

クラス会のため20年ぶりに帰郷した作家は、級友7人のうち5人がすでに亡いことを知る。そして彼女のもとにも不気味なｆａｘが……。

M・H・クラーク
宇佐川晶子訳

消えたニック・スペンサー

少壮の実業家ニックは癌患者の救世主なのか、それとも公金横領を企む詐欺師だったのか？奇蹟のワクチン開発をめぐる陰謀と殺人。

M・H・クラーク
安原和見訳

魔が解き放たれる夜に

15歳の姉の命を奪った犯人の仮釈放を控え、今は犯罪調査記者となったエリーは、事件の再調査を開始した。一気読み必至の長編。

M・H・クラーク
C・H・クラーク
宇佐川晶子訳

誘拐犯はそこにいる

私立探偵リーガンの父が誘拐され、ミステリー作家の妻と娘に身代金百万ドルの要求が……。クラーク母娘初のコラボレーション。

S・ハンター
佐藤和彦訳

極大射程（上・下）

大統領狙撃犯の汚名を着せられた伝説のスナイパー・ボブ。名誉と愛する人を守るため、ライフルを手に空前の銃撃戦へと向かった。

R・ハーウッド
富永和子訳

戦場のピアニスト

ホロコーストを生き抜いた実在の天才ピアニストを描く感動作。魂を揺さぶる真実の物語。カンヌ国際映画祭最優秀作品賞受賞作品！

Title : FALSE IMPRESSION（vol. I ）
Author : Jeffrey Archer

ゴッホは欺《あざむ》く（上）

新潮文庫　　ア - 5 - 25

Published 2007 in Japan
by Shinchosha Company

平成十九年二月一日　発行

訳　者　永《なが》井《い》淳《じゅん》

発行者　佐藤隆信

発行所　株式会社　新潮社

郵便番号　一六二―八七一一
東京都新宿区矢来町七一
電話　編集部（〇三）三二六六―五四四〇
　　　読者係（〇三）三二六六―五一一一
http://www.shinchosha.co.jp

価格はカバーに表示してあります。

乱丁・落丁本は、ご面倒ですが小社読者係宛ご送付ください。送料小社負担にてお取替えいたします。

印刷・錦明印刷株式会社　製本・錦明印刷株式会社

ISBN978-4-10-216125-8 C0197